CB138344

Contos de Fadas Sombrios

Ana Lúcia Merege (org.)

1ª edição

Editora Draco

São Paulo
2021

© 2021 by Allana Dilene, Oscar Nestarez, Carol Mancini,
Liége Báccaro Toledo, Diego Guerra e Ana Lúcia Merege

Todos os direitos reservados à Editora Draco

Publisher: Erick Santos Cardoso
Edição e revisão: Ana Lúcia Merege
Capa e arte: Ericksama

Dados Internacionais de Catalogação na Publicação (CIP)
Ana Lúcia Merege 4667/CRB7

Contos de fadas sombrios / organizado por Ana Lúcia Merege. – São Paulo: Draco, 2021

ISBN 978-65-5753-005-4

1. Contos brasileiros I. Merege, Ana Lúcia

CDD-869.93

Índices para catálogo sistemático:
1. Contos : Literatura brasileira 869.93

1ª edição, 2021

Editora Draco
R. César Beccaria, 27 – casa 1
Jd. da Glória – São Paulo – SP
CEP 01547-060
editoradraco@gmail.com
www.editoradraco.com
www.facebook.com/editoradraco
Twitter e Instagram: @editoradraco

NUM REINO MUITO, MUITO DISTANTE...

Todos nós conhecemos e já ouvimos falar de contos de fadas. Para muitos, foram as primeiras histórias com que tivemos contato, por vezes contadas pelos nossos parentes, por vezes vistas em desenhos animados ou filmes, por vezes lidas, em livros infantis ou versões em quadrinhos. Mas será que conhecemos mesmo? Será que os contos e personagens que estão nítidos em nossa memória, com músicas alegres e cores vibrantes e animais falantes, são as histórias que deveriam ser?

Desde que as pessoas começaram a falar, surgiram as histórias, os contos, uma das primeiras formas que a sociedade encontrou de explicar assuntos complexos e necessários para quem ainda não conhecia o terrível mundo lá de fora. Claro que não se esperava que os mais jovens aprendessem tudo de uma vez, mas era de tanto falar e de tanto mostrar em vários contos e narrações como as coisas são, que se acreditava que um dia os infantes inexperientes conseguiriam pegar um ou outro frangalho de sabedoria, reuni-los e usá-los para si.

Alusões fantasiosas, exageradas de tal forma que ficariam cravadas para sempre em mentes impressionáveis, como avisos de precauções a serem tomadas, dos perigos do mundo e, principalmente, do que não se conhecia. O sobrenatural e o inexplicável surgiam a cada canto de tais histórias, com a sua lógica totalmente alienígena e absurda, mas que fazia todo o sentido em si mesma, mostrando o quão pouco o jovem sabia do mundo que o cercava, minando suas certezas.

Para mostrar que o mundo era perigoso e cheio de ameaças, era necessário que ficassem evidentes o horror e a violência desses perigos, com toda sua glória pavorosa e explícita. As histórias eram horrendas em seus detalhes sangrentos e sombrios, nem sempre o herói se dava bem, por muitas vezes os monstros e vilões venciam e nada lhes acontecia. Afinal de contas, o mundo era mau!

O tempo foi passando e passando, sociedades e culturas crescendo e caindo, e as suas necessidades foram mudando com esses altos e baixos. A civilização foi avançando (dizem uns) e chegando onde antes nem sequer pensou em se estabelecer, e com ela a iluminação (dizem uns). Religiões e tradições antigas foram esquecidas e trocadas por religiões e tradições mais novas e reluzentes, recém-saídas dos lugares mais cultos e movimentados do mundo, desprezando e diminuindo suas antecessoras, ridicularizando-as. Contos de fada passaram a ser vistos como bobagens, diminuídos a crendices e superstições e "coisas de crianças".

Um pouco mais de tempo, e paulatinamente foram nos mostrando contos de fada de forma idílica e edificante, com anões cantarolando, florestas iluminadas e animais amigos, lobos e bruxas morrendo no final e pessoas vivendo felizes para sempre. O medo do terrível era tanto, que o terrível tinha que ser esquecido.

Evidentemente, os tempos tinham mudado, e com eles suas histórias. O mais importante não era temer um mundo sombrio e mau, que não podíamos explicar com nosso parco conhecimento, mas entender o mundo, os outros. Novas histórias, novos contos, são necessários e bem-vindos. Eles nos ajudam a lidar com um mundo e uma sociadade que ainda são maus, mas de formas assustadoramente criativas.

O que não se percebeu era que precisávamos de medo. Precisamos sentir o medo seguro em nossas casas, em nossas camas, debaixo de nossos cobertores, onde somos abraçados pelo conforto de nossa casa e familiares depois de nos assustarmos. Precisamos nos lembrar de ter medo de algo terrível que pode saltar do escuro, usando uma máscara, e nos eviscerar com um único golpe, ou de uma assombração ancestral que arrastará nossa alma imortal para o inferno, ou de multidões incontáveis de cadáveres reanimados que querem nos devorar vivos.

Muitos gostam de pensar que os medos contemporâneos são mais modernos e mais avançados que os antigos. Afinal de contas, somos modernos e temos informação e estudo, não? Mas os medos parecem não ligar muito pra isso. Eles são os mesmos, talvez com uma roupagem diferente, talvez com uma cara um pouco mais distorcida pra um lado ou pra outro ou usando uma máscara, talvez um pouco mais barulhentos, talvez mais silenciosos. Mas estão lá, os mesmos.

Contos de fadas eram assustadores, e ainda o são, não se engane. Você não vai encontrar sapatos de cristal ou palha que vira ouro. Não vai encontrar fadas madrinhas, nem músicas alegres, nem abóboras virando carruagens. Não vai encontrar alívio e respiro no último instante, nem reviravoltas agradáveis para dormir bem à noite, depois da história.

Não vai encontrar porque tais elementos não estavam lá, no começo. E não estão aqui, muito menos. Aqui vamos voltar para o que os contos de fadas eram (e ainda são): histórias que levam para um mundo diferente do nosso, mas próximo, com seres que não querem a nossa companhia, mas são obrigados a tolerá-la em algumas vezes. Vamos ver um pouco do que foi deixado lá atrás, por medo do horrível, mas que ficou lá, esperando.

Você vai encontrar espíritos antigos furiosos, criaturas ancestrais das quais nunca ouviu falar, vai encontrar vinganças sangrentas que levaram anos para serem completadas, vai encontrar jornadas estranhas e familiares, mas com cores que você certamente não tinha notado antes, vai encontrar medos novos na forma de coisas antigas demais para terem explicação (e que nem querem ter). Vai ter medo de sombras, de cantos, de estradas, de surpresas, de camas vazias e do escuro da noite, de fases da lua e lamúrias levadas pelo vento.

Novos temores e horrores, essencialmente antigos, mas novos, também. A essência da coisa está lá, com a traquilidade e segurança que só os conceitos ancestrais possuem, que não se incomodam em como tentaram deixá-los mais simplificados ou explicados. Eles apenas são o que sempre foram, você que lide com qualquer dúvida ou questão ou com todo o resto.

Eles estão lá, esperando pacientemente, por muito tempo. E os contos de fadas servem para nos mostrar o quanto eles são perigosos e terríveis e o que fazer (ou não fazer), como fugir e ficar em segurança.

E tudo isso sem cantoria e nem animais falantes.

Rogerio Saladino
Jornalista, editor e escritor

Contos de Fadas Sombrios

Allana Dilene
é doutora em Letras pela Universidade Federal da Paraíba, leitora inveterada cujos interesses sempre gravitaram em torno da literatura fantástica. Teve seus contos publicados na revista Trasgo, assim como pelas editoras Draco e Buriti. Mora em João Pessoa - Paraíba, mas a cabeça vive sempre nas nuvens.
Twitter: @brain_storm

*

Barba Azul é um dos contos que integram o livro de Charles Perrault, *Contos da Mamãe Gansa*, publicado em 1697. Há versões populares, anteriores a esse registro, que foram analisadas pelo folclorista francês Paul Delarue. Segundo ele, a heroína casada com o carrasco de esposas era mais independente e esperta nos contos orais, mais antigos, enquanto a versão de Perrault a mostra apenas ganhando tempo até a chegada de seus irmãos, que acabam por resgatá-la das garras do marido.

A ÚLTIMA NOIVA Allana Dilene

Os corredores labirínticos parecem se multiplicar e diminuir, conforme dias se tornam semanas, meses e anos, até o ponto de qualquer medida de tempo não mais importar. Nossos passos não deixam rastros no chão frio; nossa respiração não condensa nos vitrais. Há vezes que sequer as cortinas esvoaçantes se abalam com a nossa presença.

Mas a verdade é que estamos aqui, embora os criados, numerosos e sempre atarefados, não mais consigam nos ver. Ou talvez nunca tenham de fato nos visto, porém cá estamos e eles sabem, embora não tenham coragem de falar a respeito. Atentos ao serviço, mesmo que não tenham testemunhado nossos prantos, eles *sabem*. Somos sentidas nos calafrios que lhes correm os corpos, nos olhares de soslaio que trocam entre si, nos breves gritos sufocados quando um vaso se espatifa ou um cristal se estilhaça.

Quando estamos juntas e nossos lamentos se tornam um só, nossas vozes deixam a mudez e se fazem ouvir, carregadas pelo vento, que espalha nossas dores pela construção pétrea. Por vezes, porém, nosso fardo é grande demais e nos espraiamos, como um fino tecido que se esgarça ao ponto de exibir os fios que o compõem, como a matéria dividida a ponto de exibir suas menores e mais delicadas partes. E somos muitos fios emaranhados nos atos daquele que nos condenou.

Como os criados, aguardamos o retorno do senhor da casa, não por obrigação, mas por estarmos agrilhoadas a este lugar. Nenhuma de nós anseia por tal reencontro, pois sabemos muito bem o que acarretará a ocasião: outra voz se perderá para o mundo, juntando-se a nosso coro de lamentos. Foi assim com cada uma de nós, algumas ceifadas muito cedo pelo homem de barba e cabelos encrespados, tão escuros que chegam a brilhar azuis.

Qualquer esperança de que tal dia não se repetiria é dissipada quando vemos despontar, ao longe, sua carruagem. Os garanhões de pelo viçoso e brilhante resfolegam ao estalar do chicote. Testemunhamos a cena do cômodo mais alto, a câmara nupcial, enquanto revivemos nossas tantas chegadas àquele lugar. A lembrança do gélido anel de noivado, de pedra rubra como sangue, faz nossa mão recuar violentamente, trazendo conosco a fina cortina que nos ocultava. Não nos é possível, porém, desviar o olhar até que a carruagem chegue ao pátio, selando os portões atrás de si e o destino de sua passageira.

Ela desce, auxiliada pelo cocheiro. Trajada em finas peles, os cabelos presos no alto exibindo o pescoço esbelto e um colar intrincado com uma única pedra verde, ela volta os olhos para cima, para a janela. Por um breve instante, ela parece *nos ver*. Não há sinal de sobressalto, medo ou coisa parecida. É o peso da mão de seu marido no ombro que a faz voltar o olhar e lhe sorrir; um gracejo da flor prestes a ser colhida. Ele lhe devolve um largo sorriso, a fenda dos dentes brancos se abrindo em meio à espessa barba escura. Reconhecemos aquele esgar de predador e estremecemos, deixando a janela enquanto a nova senhora adentra o seu lar e futuro mausoléu.

*

Observamos a jovem se encantar com os diversos detalhes da mansão: os móveis de madeira sólida, as obras de arte ornamentando as paredes. Evitamos olhar para a lareira acesa em uma das salas, pois ainda nos lembramos do calor insuportável e do cheiro terrível de nossa própria carne servindo de alimento para as chamas. Ela, ignorante do que a aguarda, parece bailar com seus passos, transitando com leveza entre a mobília cara. Trata os criados com um misto de cordialidade e soberba, típicos de tantas de nós, fantasiando com a vida que ali passaria a levar.

Assoma-se sobre ela a sombra de nosso algoz. Movidas pelo instinto, sentimos nosso peito recolher-se. Mais uma vez ele lhe toca os ombros, despindo-a do pesado casaco. Ela parece aceitar a gentileza, sem se dar conta de que, sob a luz das velas e lamparinas, ele parece engolfá-la, consumindo-a por inteiro.

– Os criados já estão levando seus pertences para o quarto, e o jantar, servido. Em seguida, poderemos nos recolher.

– Será que eu não poderia conhecer os outros cômodos antes? Não seria apropriado que eu me perdesse dentro de minha própria residência.

– Ah, minha cara, haverá tempo o suficiente para você conhecer cada recôndito do solar. Por hora, jantamos.

A voz grave e arranhada, como alguém a quem falta o ar. As mãos enormes a explorar, com discrição, o corpo que em breve lhe pertencerá. Sentimos a repulsa e nos afastamos, enquanto ele, segurando-a como quem atesta a posse, guia a jovem para a sala de jantar. Em seus olhos, o homem de juba escura traz genuíno desejo. A mulher segue o companheiro, não demonstrando inquietação com a criatura que guia seus passos.

Não nos interessa espionar o jantar, no qual conversarão certamente sobre amenidades e planos que não serão concretizados. A voz de nosso assassino soa-nos como uma lousa sendo arranhada, então retornamos para a câmara nupcial. As cobertas revestem o leito de forma impecável, sem um único vinco. Entre os pertences empilhados, encontramos um nome: Esmeralda.

Todas nós compartilhamos aquele quarto, e pouco parece ter mudado. Um perfume indistinguível preenche o cômodo, enquanto os tecidos novos não conseguem ocultar de nós a mácula que aquele leito guarda. Talvez um alerta possa ajudá-la a perceber os perigos da situação? Talvez possamos amedrontá-la e fazê-la deixar este lugar?

Concentrando-nos em sentir a tessitura da colcha macia, tentamos nos fazer corpóreas para o tecido. A escrita é custosa, pois ultrapassar o véu que separa nossa não-existência é penoso. Com dificuldade, deixamos a marca de cada letra.

V Á

E M B

A jovem adentra o quarto, mas, se pararmos agora, o trabalho ficará inacabado. Seus olhos se arregalam e ela sufoca a própria voz, paralisada no quarto, enquanto continuamos a tensionar a coberta.

E M B O R A

Esmeralda dirige o olhar para a cama, os ombros eretos, e uma vez mais parece nos ver. Nossa consciência, porém, começa a faltar; o esforço para nos mantermos aqui é hercúleo. Quando batidas pesadas soam à porta, ela se sobressalta e olha para trás. É seu marido. Com um gesto rápido no lençol, a noiva desfaz a nossa mensagem e autoriza a entrada.

Nosso executor a segura pelos ombros, abraçando-a de maneira acolhedora. Nele, o desejo. Nela, a surpresa, certo temor e alguma incerteza. Seus sentimentos parecem ser calados por um beijo do homem, e mais uma vez sentimos nossa consciência fraquejar. As mãos enormes começam a devassar o vestido de Esmeralda. Incapazes de revivermos uma vez mais a consumação da união maldita, deixamos os aposentos, buscando outros caminhos para evitar o terrível desenlace.

*

Os dias se passam e Esmeralda se torna, aos poucos, a senhora da casa. No início, intimidada, ela se recolhe aqui e ali, como quem espera autorização dos criados e de seu esposo para se exercer. Aos poucos, porém, ela floresce e recria os hábitos no lar. Repetidas vezes tentamos alertá-la, fazê-la notar os perigos, mas talvez sua juventude e deslumbre tenham nublado seus sentidos.

Quase valsando pelos corredores de pedra escura, Esmeralda chega à câmara de estudos. A sala seria quase aconchegante, se não fosse o vento frio que entra por um dos vitrais quebrados, balançando com vigor a cortina pesada. As paredes exibem estantes e prateleiras abarrotadas de títulos variados, versando sobre os mais diversos temas. Em cima de sua mesa particular, a valise cheia de documentos indica que ele prepara o golpe, o que não passa despercebido por sua mais recente esposa.

– De que tratam os papéis?

– Recebi uma mensagem deveras urgente, cara esposa. Terei de partir ainda hoje.

– Mas a noite já avança lá fora! – exclama ela com veemência. – Que negócios o tiram de nosso leito quando mal nos casamos?

– Ah, minha querida – responde, envaidecido. – Haverá tempo para nós dois quando voltarmos. Ademais, não desejo nem espero que você se entedie em minha ausência.

Com uma delicadeza talvez inesperada para um homem tão grande, ele deixa a mesa e vem ter com ela. A repulsa diante da falsidade no gesto nos revolta, quase ganhando corpo próprio. Enquanto lhe dirige palavras doces e enganadoras, passando uma de suas mãos como patas em volta do ombro da jovem, ele retira de um dos seus bolsos o agourento molho de chaves.

– Você terá liberdade plena dentro de meu solar: cavalgue pelo pátio e arredores se quiser, mas não saia da propriedade. Estas chaves – ele separa duas – são das adegas. Sirva-se dos vinhos que desejar, mas não permita o mesmo aos criados. Eles não têm a moderação adequada com os pertences de seu amo. Estas são dos cofres, onde guardo ouro, prata e joias. Já que estamos em matrimônio, você terá acesso pleno. Conto com a sua sabedoria, porém, para não arruinar nossa fortuna nas semanas em que eu estiver fora.

Uma risada rouca surge debaixo de sua barba, acompanhada pela jovem. Se antes não tínhamos forças para dirigir-lhe o olhar, agora o encaramos, rememorando cada traço de seu rosto encanecido, fantasiando com o que faríamos se pudéssemos levantar o machado que contra nós foi brandido. Cada uma de nós, por trás da jovem enlaçada em seus braços, dirige-lhe palavras de dor, ódio e fúria.

– Estas acessam as outras câmaras do solar: meu estúdio particular, meus aposentos, a ala dos criados, as despensas. Você não terá dificuldade em parear as fechaduras e chaves adequadas, pois são gravadas com o mesmo padrão. Já esta... – ele segura a menor de todas, dourada e como que polida na noite anterior – esta acessa o único cômodo no qual você está proibida de entrar.

Este teatro, por nós tão conhecido, não pode passar impune. Nossas vozes se tornam coro, maldizendo-o; as cortinas se inflam com o vento, que invade o ambiente com nossas agruras. O carrasco levanta os olhos, mais curioso do que alarmado, enquanto

Esmeralda olha em volta. Ele não lhe permite a investigação silenciosa; toca-lhe o queixo e continua, fazendo-se ouvir acima do tiritar das janelas.

– O caminho é escuro e tortuoso, descendo para as profundezas do solar e uma área de manutenção comprometida. Não há nada que você, minha cara, precise ver. Talvez um dia, depois de minha volta, poderemos nós dois devassar o lugar juntos. Até lá, peço que respeite os limites de seu esposo.

As janelas se abrem com estrondo, os vidros coloridos que a decoram espatifando-se no chão. Cegas de raiva, transbordando vingança, tentamos avançar contra ele, inutilmente. O ímpeto, porém, arremessa as chaves na escuridão da câmara, seu tilintar ecoando na pedra escura. Esmeralda sufoca um breve grito, enquanto avançamos por ela. Um copo de vidro que repousa ao lado de uma poltrona é estilhaçado contra a parede. Livros, até então seguros nas prateleiras, são arremessados. Cada movimento nos consome, mais e mais, até que conseguimos sentir o peso frio de um abridor de cartas que orna a mesa.

Preenchidas de som e fúria, avançamos em sua direção. Ele deve ser impedido, qualquer que seja o custo para nós. Com o fiapo de poder que nos resta, avançamos com o instrumento gélido em punho. A cada instante, porém, o movimento se torna mais difícil e pesado. No entanto, a leve distorção de seu rosto nos faz crer que ele nos encara, o medo revelado pelos seus olhos.

A lâmina pequena ainda o atinge, com força apenas para deixar um talho no rosto e uma falha na vasta barba. Sem dificuldade, ele deflete nosso golpe, a arma caindo no tapete, trazendo consigo um fino traço vermelho. Esmeralda nos encara, os olhos arregalados, mas já não temos forças. Nossas partes começam a se distanciar, vamos perdendo nossos sentidos. Em um último esforço, ainda soltamos um sussurro:

– Não... aceite...

Sabemos, porém, que ela cumprirá seu destino. Tal qual as heroínas das tragédias antigas, qualquer tentativa de evitar o pior acaba por atestá-lo. Antes que nos esvaeçamos, ainda a vemos indo ao encontro do esposo, para ampará-lo e cuidar de seu ferimento.

*

Sinto o peso de meu amuleto no pescoço, o frio do metal contra minha pele quente. Passo a pedra entre meus dedos, explorando-a. Se eu não soubesse o que está acontecendo, decerto já teria fugido desta casa deixando aqui até a poeira dos pés. Mas eu sei, assim como sei que vários desses horrores advêm das dores indizíveis acumuladas pelos recônditos desta casa.

Após vociferar para uma das criadas arrumar a câmara de estudo, o senhor da casa terminou seus preparativos e partiu. Dei meu melhor em emular o abandono da noiva recém-desposada e assustada pelo que testemunhou, e fiquei observando-o da janela até que sua carruagem sumiu de vista no horizonte. Só então me recolhi para o descanso, sabendo da tarefa que teria no dia seguinte. Imagino que, para mim e para as outras que habitam este solar, tenha sido a primeira noite em muito tempo de recolhimento e repouso.

Aos primeiros raios de sol eu desperto. Pelo resto do dia, ainda há um último ato em minha performance: a jovem esposa curiosa. De posse das chaves, vasculho todos os cômodos possíveis, cantarolando tal qual uma ave canora, pássaro que não parece ter noção da gaiola que o cerca. As criadas parecem convencidas, distribuindo sorrisos enquanto exploro a casa e termino de memorizar suas curvas e reentrâncias. Durante o dia, nenhum sinal daquelas que distribuíram vários alertas sobre o perigo que me espera.

O que elas não sabem, porém, é que eu vim salvá-las.

Todas foram vítimas de um estratagema que continuaria indefinidamente: o homem de ares exóticos, corpanzil enorme e palavras doces começa a corte. Presentes, peles, joias que parecem saídas do tesouro de alguma realeza. A primeira, Elizabeth, ninguém deu por sua falta – órfã, considerava-se sortuda por ter conseguido uma posição de camareira na casa de uma nobre. Imagine como ela não se sentiu quando se viu cortejada por um homem de posses, que exaltava sua beleza e a vestia em trajes finos, destacando seu corpo e porte. Pela primeira vez na vida, ela se sentiu *vista.* E se atreveu a sonhar com uma vida melhor.

Chamo-a de primeira, mas é possível que ela não seja. Afinal, o que teria aquele homem de tão terrível a esconder para custar a vida de sua primeira esposa, que não os corpos de todas as outras? Espero que tenha encontrado a morte com rapidez, pois sei que não foi o fado da seguinte.

Adèle foi a segunda, e já demonstra certo descuido por parte do homem. Viúva, já detinha uma pequena fortuna que lhe serviria bem para o resto dos seus dias, e pessoas próximas que lamentaram sua partida e lembravam seu nome. Educada, letrada, caiu na dança cortês do predador.

Emma foi a mais recente, uma jovem talentosa para a ópera. Suas apresentações eram elogiadas e, decerto, recebia presentes de admiradores com frequência. Apaixonou-se pela fineza daquele homenzarrão e, a despeito dos conselhos de sua mãe, com ele se casou, apenas para que seus pais recebessem as condolências por uma carta fria, escrita em papel fino e de letra cuidadosa.

Fingi-me, assim, uma de suas vítimas. Infiltrei-me em seu círculo social, deixando saber quanto me sentia sozinha depois de ter sido trocada por meu noivo, que teria se engajado em outro relacionamento. Com alguns meses, teci a teia para que o emaranhasse, e não tardei a começar a receber sua corte. Passadas duas luas, contraímos matrimônio, e ele me trouxe para o seu solar, revestida em presentes e temores.

Sobre a casa eu podia ver, de maneira quase palpável, sombras se assomando. Era a manifestação de tantas dores acumuladas ao longo dos anos. Meu dom me trouxe até essas mulheres, mas terei poder o bastante para libertá-las? Agora que a noite cai e os criados adormecem, provavelmente sussurrando entre si sobre quanto tempo eu levarei para desaparecer, desço as escadas de meu quarto com as chaves presas à cintura. Um vento frio sobe os degraus, impossível de vir de qualquer passagem de ar. Olho de soslaio, por instinto, apenas para entrever uma vaga forma no topo da escada. O rosto desfigurado pela falta de ar, a cabeça pênsil, a marca enegrecida em seu pescoço, o vestido sujo. Sei que elas querem fazer crescer o medo em meu coração para que eu vá embora, ou que desista de selar o pacto terrível.

Também sei do esforço despendido para realizarem esses gestos e chegarem a este lado do véu. Apresso os passos, envolvendo-me com meus próprios braços e apertando junto a mim a discreta bolsa que mantive longe oculta de olhos curiosos no último mês, enquanto o coração palpita em meu peito. Com a mão trêmula, pego uma lâmpada coberta para seguir pelo corredor escuro. Se não pela luz empunhada, a passagem estaria preenchida de trevas.

Um ponto de luz avançando em linha reta, tateio o chão com

os pés. Meu corpo treme, como se febril, mas sei no íntimo que qualquer vacilo provém do medo. Sinto algo repuxar a barra do meu vestido e luto contra o instinto de olhar para trás, pois meus passos já pesam de medo e ânsia e não posso desistir. Com a mão livre, puxo a saia como quem recolhe os cacos de determinação que lhe restam e sigo adiante. Por um breve momento, tenho a sensação de a ponta dos dedos voltar quentes com sangue, mas logo passa.

Por fim, chego diante da porta, o corredor se provando mais longo e mais fundo do que eu poderia pensar. Ergo a chave diminuta e a deslizo para dentro da fechadura. O barulho é mínimo, mas fica ampliado pelo silêncio de sepulcro àquela hora da noite. A porta se abre, pesada e calada, e, com os braços e pernas bambos, adentro a câmara proibida.

Seguro o ar dentro de mim diante da visão: instrumentos de tortura reluzem diante da luz que carrego, enquanto um calafrio me gela a nuca. Perfilados um em companhia ao outro, os corpos de três mulheres estão presos à parede, como troféus de caça. Seus corpos expostos exibem os sinais de embalsamamento, enquanto suas contrapartes imateriais me cercam, quase reproduzindo suas expressões de dor e tristeza.

Forço-me a continuar a terrível vistoria, pois segredos há muito ocultos podem ser libertados aqui. Uma imensa variedade de armas decora as paredes, reluzentes. Baús trancados, alguns com nomes gravados – nomes de mulheres, muitos além dos três que eu descobri. Sinto o rosto corar em raiva e repulsa por esse homem. Meu trabalho será maior do que eu havia imaginado.

Ciente de que não tenho muito tempo, pois certamente há algum tipo de encantamento na chave, embora eu não tenha sido capaz de identificá-lo, faço o escrutínio da sala em busca de pertences de cada uma que tenha sido morta neste solar. Um broche, uma luva, uma joia, um relicário com sua foto. Minha presença parece, a princípio, perturbar as outras, mas sempre antes de me apoderar de qualquer uma das coisas sussurro palavras de desculpas, agradecendo a minha sorte por elas não terem forças o bastante para representarem ameaça. Ao finalmente coletar tudo o que preciso, retiro as velas vermelhas de minha valise, acendo-as e as posiciono na ordem adequada. Com giz, traço as runas necessárias e começo a entoar as palavras de ordem.

– Eu, instrumento de poder sobre este mundo, venho pedir em

nome das almas injustiçadas que lhes retornem as vozes, para que suas dores sejam conhecidas.

As luzes das velas tremem, criando sombras dançantes na câmara. Consigo sentir o fluxo mágico se movimentando e ganhando forma, caindo como poeira muito fina sobre os espíritos presentes. As vozes das mulheres começam a se fazer ouvir: são lamentos, perguntas confusas, algumas sequer parecem lembrar seus próprios nomes. Longe, muito longe, tenho a impressão de ouvir portas se abrindo. Ignoro; não posso perder o foco agora, ou colocarei tudo a perder.

– Eu, instrumento de poder sobre este mundo, venho pedir em nome das almas aqui inquietas a visão necessária para que possam enxergar com clareza o caminho a sua frente.

As chamas balançam como se movidas por vontade própria e eu percebo minha consciência se expandir. Sinto o cheiro do sangue seco, dos perfumes que elas usavam, e também o adocicado de ervas secas e terra remexida; cheiro da magia se manifestando. Vindo de minha garganta, um gosto metálico. Diante de meus olhos, elas começam a se fazer visíveis, com traços cada vez mais firmes. Atrás de mim, no início do corredor escuro, escuto passos pesados, vindo de pés calçados. Ele se aproxima.

– Eu, instrumento de poder sobre este mundo, venho pedir em nome das almas que aqui jazem a bênção da força, para que possam quebrar os grilhões que as prendem a esta morada.

Sinto a pele eriçar quando o encantamento ganha forma, ao mesmo tempo que a porta da câmara se abre com estrondo, irrompendo um vento frio que apaga a maior parte das velas. Viro-me apenas para ver aquele homem de barba de um azul profundo, como a noite sem luar, assomar-se sobre mim.

– Não imaginava que você tivesse tantos truques guardados, cara esposa. Mas eles são inúteis agora.

*

Aturdidas com a visão diante de nós e as novas sensações, tomamos algum tempo para compreender o que está se sucedendo. Depois de tantos anos, conseguimos ouvir nossas vozes, aquelas que julgávamos perdidas. Nossas mãos se desenham, fraca e efemeramente, com dedos ora delgados, ora robustos e calejados. Esmeralda esteve ciente de nossa presença durante todo o tempo e manteve silêncio para, ao fim, tentar nos libertar desta prisão.

Seu encantamento, que ganhava força a cada frase proferida, é suspenso pela chegada repentina de nosso algoz. Ele irrompe pela porta pesada, seu corpo enorme se contrapondo à figura modesta da jovem, mas ela o desafia com o olhar. Ele não parece nos perceber, ou simplesmente nos ignora, e a agarra pelos longos cabelos.

– Sua tentativa foi divertida, minha cara. Mas infrutífera: seus sortilégios não surtirão efeito em mim.

– Meus encantamentos não são para você, criatura hedionda! Como teve coragem de fazer isso com aquelas que compartilharam votos com você?

Entre gritos, ela puxa uma adaga de sua bota, até então oculta. Com um movimento ágil, Esmeralda alfineta o próprio dedo, extraindo uma gota de sangue, e sussurra algo que não somos capazes de ouvir. A adaga emite um brilho azulado e ela a ergue, tentando cortar os próprios cabelos para se libertar.

O homem enorme lhe dirige um olhar iracundo, o rosto vermelho em fúria, as sobrancelhas grossas formando agora um único traço aterrorizante. O punho livre desce fechado e sonoro no rosto de Esmeralda, uma, duas, três vezes, até que ela cai desnorteada.

– Isso irá aquietá-la enquanto decido como você irá pagar por sua insolência. Tal qual todas as outras, você se mostrou incapaz de obedecer a uma única restrição.

Ele brande uma lâmina reta, retirando-a de um suporte na parede. É a espada ancestral de sua família, a que traz, na guarda, a heráldica do urso em duas patas. Incapazes de nos mantermos inertes diante desta cena, avançamos em sua direção de maneira firme e resoluta.

– Não desta vez!

Enquanto nossas mãos seguram o seu pulso forte, ele nos olha enfim. Se há pouco seu rosto estava inflamado pela fúria, a palidez do terror o acomete, e não conseguimos evitar sorrisos de deleite. Uma a uma, nós resolvemos assumir o rosto que tínhamos no momento de nossa morte: a pele derretida do fogo no qual fomos empurradas; o pescoço em um ângulo impossível, com marcas arroxeadas onde suas mãos enormes o quebraram; uma exibe as órbitas vazias, enquanto lhe aponta o dedo em riste; a última revela seu corpo desnudo inteiramente perfurado pelo ataúde de metal em que foi selada. Em uníssono, nossas vozes proferem:

– Todas nós caímos sob o seu jugo. Mas, levantadas desta terra empapada em sangue, nós voltamos, para arrastá-lo de volta conosco.

Ele recua, apequenando-se diante de nossa força conjunta. Os móveis ao redor tremem, as velas, até então no chão, são arrastadas pelo pequeno redemoinho que se forma ao nosso redor. A própria mansão com ares de castelo decadente parece tremer ante nosso poder, ampliado pelo encantamento de Esmeralda. Então o homem de barba azulada se lembra da arma que empunha e a brande contra nós, seu golpe fútil passando por nosso ventre e desequilibrando-o. Nosso riso se abre em uma risada, que se junta à cacofonia de móveis sendo chacoalhados na câmara, e escolhemos o machado que há muito decapitou uma de nós.

A arma se levanta com facilidade agora, em nada lembrando o movimento desajeitado com a reles lâmina de dias atrás. Sentimos a força em nossos membros, a solidez do cabo da lâmina, e o horror cresce nos olhos do homem. Se a ira lhe deu traços diabólicos há poucos momentos, o pavor deforma seu rosto como o calor o faz com a cera de uma vela. Sua máscara parece derreter ante nosso poder, e, sem hesitação, baixamos a lâmina sobre ele. Uma, duas, três vezes, até que os gritos se calam e seu sangue escorre abundante pelo chão, misturando-se à poeira e à terra.

Largamos a arma que cai pesada e então dedicamos atenção a Esmeralda. Ela já se levanta, cambaleante, apoiada no umbral da porta. Do alto de sua cabeça desce sangue e, apesar do desalinho no semblante, ela abre um sorriso aliviado, encarando a todas nós. Ela *nos vê*, como ela sempre viu.

– Peço desculpas pelo embuste, mas não podia arriscar ser descoberta por qualquer pessoa aqui e colocar meu plano a perder. Desde que cheguei às redondezas, as dores de vocês vinham até mim, em sonhos, visões ou sortilégios. Então comecei a investigar. Só não imaginava que seriam... tantas.

– Não há o que perdoar. Você assumiu um grande risco por nós. Mas não pertencemos a este mundo, a esta casa. O que deve acontecer agora?

Esmeralda respira fundo, com alguma dificuldade, e assume a postura mais dignificada que lhe é possível. Com cuidado, ela coleta as velas, reposicionando-as. Ela recusa a nossa ajuda com polidez, alegando que o encantamento deve ser iniciado e terminado por sua mão. Quando julga que os preparativos estão terminados, sua voz assume aquele mesmo tom inicial, como quem comanda os elementos, e ela enuncia:

– Eu, instrumento de poder sobre este mundo, venho pedir em nome das almas injustiçadas que aqui residem que lhes seja concedida a paz, uma passagem tranquila rumo a seus últimos destinos.

*

Quando termino de proferir o encantamento, consigo ver, sobrepostas às mulheres, o fluxo mágico completando o seu ciclo e retomando o equilíbrio inicial. O feitiço é completado e as mulheres, por um breve instante, recuperam suas formas em vida. As sombras que meus olhos viam e que se acumulavam no ar da casa, como nuvens de chuva que nunca desaguavam, começam a se dissipar. Minha cabeça lateja pelos golpes recebidos, mas sinto que é um preço mínimo a se pagar pelo efeito.

Uma a uma, vejo as fantasmas desaparecerem, tendo feito a passagem em segurança. O que as espera do outro lado não me compete, especialmente porque ainda tenho trabalho a fazer.

Debruço-me sobre o corpo de meu esposo, agora quase irreconhecível. Fecho seus olhos esbugalhados e rogo para que ele também faça a passagem e não consiga mais assolar as dependências da mansão que agora é minha, assim como sua fortuna. A meu redor, há evidências o bastante para me inocentar diante de qualquer corte.

Deixo a câmara, subindo o corredor escuro para testemunhar o amanhecer tímido do dia que se inicia. Evito conjecturar sobre as motivações, mundanas ou extraterrenas, que possam ter levado meu falecido esposo a cometer quaisquer atos. Contento-me em ter ajudado a colocar um fim em seus feitos hediondos, bem como a ter ajudado tantas outras a se desprender deste mundo, que só lhes trazia sofrimento. Por hora, procuro absorver o novo dia. Quanto aos caminhos que irei trilhar, que se abram diante de mim.

Oscar Nestarez
é escritor, tradutor e pesquisador da literatura de horror. É autor das coletâneas *Sexorcista e outros relatos insólitos* (Livrus, 2014) e *Horror adentro* (Kazuá, 2016), e do romance *Bile negra* (Pyro, 2018) - que recebeu o prêmio ABERST de melhor narrativa longa de horror em 2018 -, além de contos em diversas antologias. Também é colunista da revista Galileu, para a qual escreve mensalmente sobre literatura de horror.
Instagram: @oscarnestarez
Site: www.terratreva.com

*

Uma lenda do século XIII originou a história conhecida como *O Flautista de Hamelin*, que menciona uma súbita infestação por ratos na cidade alemã de Hamelin, na Saxônia. Embora a lenda esteja registrada em manuscritos antigos, é improvável que a cidade tenha tido de fato uma praga de ratos; hoje se acredita que a história derive da migração de pessoas daquela para outra localidade ou de movimentos de peregrinação, tais como a Cruzada das Crianças (talvez combinados com um surto de peste bubônica ou de outra doença). O conto aparece na recolha *Lendas Alemãs* dos Irmãos Grimm e inspirou muitos escritores, desde Goethe e Robert Browning até contemporâneos como Terry Pratchett e Oscar Nestarez.

A RATANÇA OSCAR NESTAREZ

Quando Helga se levantou da cama de palha, em meio à escuridão e aos roncos do pai, demorou para perceber o que a havia despertado. No fundo do cômodo, a mancha rubra da lareira agonizava. Ainda estava tonta de sono e segundos se passaram até que ela levasse a mão à lateral da canela: na superfície lisa da pele, sentiu uma perfuração, um furinho molhado. Bastou passar o dedo por ali para que sentir a dor, aguda como as agulhadas que a mãe lhe dava quando estava brava. O que tinha acontecido? Uma mordida de algum bicho, com certeza. Ao incômodo se juntou o medo, e ela começou a choramingar baixinho. Mal percebeu outro ruído pelo cômodo – que, na verdade, consistia em toda a casa da família. Era um farfalhar em um registro ainda mais suave do que o de sua voz de passarinho.

Do outro lado do escuro, o ronco cessou. Helga ouviu o ruído de palha se remexendo, seguido pelo resmungar do pai. Aquilo a assustou ainda mais; começou a chorar com força, já não ligando para a surra que levaria caso ele despertasse. Na verdade, queria que o pai acordasse e acendesse alguma vela. Estava apavorada, o farfalhar se intensificara. Ouviu novos resmungos do pai, naquele tom trovejante e assustador. A mãe também havia acordado e perguntava o que estava acontecendo. Helga reclamava que algo a havia picado, mas não lhe deram atenção; o ruído no escuro tornara-se intenso. Passados alguns minutos, uma vela foi acesa.

Luz fraca, mas que bastou para revelar uma cena repugnante. No assoalho da casa havia uma massa disforme, pulsante, escura.

Passaram-se alguns segundos até que Helga distinguisse o que era aquilo. Quando percebeu, foi pior: banhados pelo halo tênue e amarelado da vela, enxameando no piso, ratos e mais ratos. Dezenas, centenas deles, de tamanhos diferentes. Com um salto, ela se pôs de pé na cama e a voz de passarinho se transformou em um grito desesperado. Do outro lado, o pai alcançou uma vassoura e com ela passou a desferir golpes pelo chão, abrindo pequenas clareiras no bosque cinzento. Dedicou-se a essa tarefa por algum tempo até que, compreendendo sua inutilidade e a terrível realidade que se impunha, ordenou aos berros que a esposa e a filha saíssem imediatamente da casa, pegando as provisões que conseguissem. Seguiu-as logo após, golpeando por todos os lados.

Helga saltou até a ruela em frente à casa e, tiritando, novamente se espantou: havia bastante gente por ali. Pessoas desorientadas e assustadas à luz do luar, olhando-se, seus hálitos vaporosos rodopiando na gelada noite da aldeia. Ela logo identificou a silhueta atarracada de Klaus, seu vizinho e amigo. Tinha oito anos, um a menos do que Helga. Entre fascinado e horrorizado, ele contou que sua casa estava infestada de ratos. Jurou ter visto os olhos de alguns brilharem na escuridão, vermelhos como brasas distantes. Helga, por sua vez, mostrou a mordida na perna. Depois, em silêncio, os dois atentaram para as conversas: descobriram que todas as casas da vizinhança passavam por aquilo. No entanto, fora delas não se via animal algum.

Após deliberar por certo tempo, os adultos do grupo concordaram se tratar de uma praga, uma terrível e súbita praga, e resolveram acorrer à igreja. No caminho, outras pessoas foram se juntando à procissão, e mais outras, até que toda a aldeia pareceu reunir-se ali, apinhando-se na ruela que serpenteava colina acima, em cuja metade ficava a modesta construção dedicada a São Columbano. Helga, após receber um chacoalhão da mãe obrigando-a a caminhar, havia se perdido de Klaus. Procurava-o com os olhos, em vão. Apesar de o céu recobrir-se com um véu arroxeado, o prenúncio da aurora, a aldeia ainda estava escura. À medida que caminhavam, ouviam, vinda de dentro das casas, a algazarra dos ratos.

Já perto da igreja, Helga escutou a poderosa e inconfundível voz do padre Jonas. Ele esbravejava com a multidão, contando que mesmo a casa de Deus fora empesteada. Era um sinal inequívoco de que a aldeia estava sendo castigada – e todos certamente o mereciam, ainda que os desígnios do Senhor fossem um mistério. Aos brados, o padre disse que, naquele momento, só restavam o arrependimento e a resignação.

A multidão deliberou e, embora temerosa, decidiu recorrer ao auxílio do senhor daquelas terras. Era o barão Von Hoffmann, cujo castelo se erguia no topo da colina. Com um novo solavanco da mãe, Helga retomou a marcha junto com o grupo. Não viu mais Klaus, mas pelo menos o frio havia diminuído, graças ao contato com as pessoas ao redor. O céu arroxeado agora se inflamava na direção do horizonte, por sua vez tomado pelo halo amarelo do sol prestes a nascer. Ao longe, entre as pernas dos adultos que a cercavam, ela já entrevia o rio Wesen, onde costumava mergulhar com outras crianças durante os verões.

Nas cercanias do castelo, em frente ao portão já aberto, a multidão encontrou três cavaleiros da guarda do barão. Pareciam aturdidos, mas informaram que o senhor já apareceria por ali. Para espanto geral, contaram que o castelo também fora repentinamente tomado por ratos. Não faziam ideia de onde poderiam ter vindo, aos milhares, assim subitamente; mas lá estavam, e toda a criadagem ocupava-se de aniquilar a praga, até então de maneira inútil.

Pouco tempo depois, a inclinação da viela permitiu a Helga discernir a imponente figura do barão Von Hoffmann. Ele surgiu montado em um imenso cavalo acobreado, as ancas cintilando aos primeiros raios do sol. Reconhecido pela severidade e pelo senso de justiça com que governava a terra, bem como por seu amor ao vinho, o homem tratou, à sua maneira dura mas sensata, de acalmar o povo, afirmando que buscariam uma solução para aquela repentina e assombrosa maldição. Enquanto isso, abria as portas do castelo, com as provisões que nele havia, para que lá as pessoas se instalassem até que a aldeia fosse libertada da peste. Poderiam ficar na área externa do castelo, onde seriam armadas tendas e barracas. Organizariam grupos para recuperar itens nas casas e expulsar os ratos.

Assim foi. Tranquilizada pela generosa conduta do barão, a multidão adentrou o grande pátio. O próprio senhor da terra ficaria por ali com seus criados, dado que o castelo também se encontrava infestado pelos animais. O sol já se desvencilhara do horizonte e derramava, pelo piso das pedras irregulares, as sombras daquela triste procissão. Helga acompanhou os pais até um canto no qual decidiram se instalar, e dali conseguiu distinguir Klaus. Acenaram um para o outro, incapazes de sorrir.

Passaram-se dias assim. No início, liderados pelo barão, homens da aldeia se reuniram para examinar a situação de suas casas; Helga, Klaus e outras crianças ofereceram-se para acompanhá-los, mas foram imediatamente rejeitados. Aquilo não era trabalho para pequenos. Quando o grupo voltou da primeira expedição, trouxe péssimas notícias. Os ratos continuavam infestando seus amados lares, devorando o que encontravam pelo caminho. Curiosamente, os animais não saíam para a rua.

Organizaram-se missões para tentar expulsá-los. Fizeram o que puderam: golpes de maças e espadas, gatos (reuniram todos os que foram capazes de encontrar nas cercanias), banhos de água, tochas. Tudo em vão. Embora letais, os golpes não davam conta da quantidade de ratos; os gatos eram rapidamente subjugados e devorados, em cenas sangrentas e grotescas; os roedores não pareciam dar importância alguma à água; e o fogo só faria efeito se consumisse todas as residências dos pobres aldeões. Desorientado, o barão já considerava recorrer ao rei.

Sem ter muito o que fazer, Helga passava os dias com Klaus, correndo pelas cercanias do castelo. Acostumaram-se a brincar de gato e rato. Às vezes iam longe, atravessando as ruelas vazias da aldeia. À medida que passavam, ouviam a algazarra dentro das casas, o estilhaçar de cerâmica e vidro, os trovões de móveis tombando. Às vezes, paravam e olhavam pelas janelas, entre fascinados e assombrados: lá dentro, a massa escura e peluda pulsava cada vez maior.

Numa dessas ocasiões, certa manhã, enquanto corriam descalços pela viela principal e tendo chegado aos limites da aldeia, foram atraídos por um som diferente. Pararam os dois no mesmo instante para ouvi-lo: era uma melodia suave, doce, serena. Distante, aproximando-se aos poucos. Vinha do vale e subia a colina. Quando perceberam que o som chegava à entrada da aldeia, Helga e Klaus se esconderam atrás de uma rocha. Instantes depois, viram, contra o sol matinal, uma silhueta alta e magra erguendo-se na viela. Um homem esguio com algo atravessado na boca, algo que ele soprava: dali saía o som que os enfeitiçava. Era uma flauta; tanto Helga quanto Klaus já haviam visto uma parecida, entre os grupos de saltimbancos que vez ou outra apareciam na aldeia. Mas aquele homem vinha sozinho. Caminhava de forma engraçada, um pouco como um saltimbanco, erguendo muito as pernas e balançando o tronco ao ritmo de sua própria melodia. As duas crianças sequer piscaram enquanto ele passou à sua frente, os olhinhos e as almas atados à música que se desprendia daquele instrumento. Só voltaram a si quando o homem e o som desapareceram horizonte acima, na direção do castelo.

Pegaram um atalho e correram para lá. Chegaram a um promontório adjacente ao pátio no mesmo instante em que o forasteiro pedia passagem à multidão. Sua aparição atenuou o burburinho da manhã. As pessoas olhavam entre curiosas e inquietas para aquela figura excêntrica. Cercaram o homem à medida que ele, sempre tocando a flauta, caminhava pelo pátio na direção do estrado improvisado no qual o barão se instalara com seu séquito.

Ao chegar ali, e após uma reverência exagerada, o forasteiro foi logo dizendo ser capaz de acabar com a peste que assolava a aldeia. Estava na região e ouvira falar dos ratos; viera para dar um fim neles. O silêncio era maciço quando o senhor daquelas terras indagou, com frieza, como ele pretendia fazer aquilo. O forasteiro deu um estranho sorriso e respondeu não com palavras, mas com notas de sua flauta. As gargalhadas vindas de todos os lados encobriram o som; até mesmo o barão descontraiu a dura expressão e riu, naquele tom trovejante que todos conheciam. Mas Helga, Klaus e as outras crianças da aldeia apenas olhavam fixamente para aquele estranho espetáculo.

Passado o riso, Von Hoffmann perguntou, em tom jocoso, o que o homem queria por tal façanha. Sem jamais se desconcertar, o forasteiro redarguiu, numa voz canora e assumindo uma expressão humilde, que bastaria um óbolo por rato que levasse embora. O barão voltou a rir, agora com força redobrada, ecoado pelos cavaleiros ao seu redor. Isso equivaleria a milhares e milhares de *denarius*, uma quantia completamente absurda. Contudo, como também era absurda a proposta do estranho, aceitou no mesmo instante. Apenas pediu que resolvesse a questão o quanto antes, as pessoas estavam ansiosas para voltar às suas casas.

De onde estavam, Helga e Klaus se assustaram com o sorriso bizarro que, por um instante apenas, distorceu o rosto do homem. Após uma nova reverência, ele pediu licença ao barão e, por uma pequena porta lateral, adentrou o pequeno edifício do castelo.

Passou-se bastante tempo. De início, o povo conversou animadamente; mas, aos poucos, todos foram se aquietando ao som da estranha música que soava lá de dentro.

O sol atravessava o zênite quando o homem reapareceu na porta por onde havia entrado. Vinha tocando e dançando, os olhos fechados e a expressão enlevada, as pernas movendo-se em arcos exagerados. À exceção de suas notas e de risos esparsos na multidão, a quietude era profunda. Os olhos de Helga não largavam aquela figura; já nem procuravam pelos pais no pátio ali embaixo.

Quando o forasteiro cruzou o batente, o povo abriu-lhe passagem; e o que veio a seguir fez com que todos se afastassem, correndo horrorizados na direção das muralhas. Poucos metros atrás do homem surgiu o que parecia ser, à luz vespertina, um interminável tapete escuro e felpudo. Milhares de ratos em organizada formação, marchando no encalço do forasteiro. Ele já cruzava o portão do castelo e a esteira de roedores continuava desenrolando-se porta afora, para espanto e horror de Helga, Klaus, o barão e toda a aldeia reunida ali.

Demorou muito tempo para que vissem a outra extremidade do tapete de ratos. Enquanto a multidão se debatia para sair do pátio, Helga e Klaus tomaram o atalho de volta e viram, pequenino no horizonte, o homem da flauta. Ele já ia longe e chegava à aldeia, tendo atrás de si a imensa coluna de ratos, que se tornava ainda maior conforme o forasteiro passava na frente dos casebres. Transformara-se, Helga pensou, em um rio, um caudaloso rio escuro para o qual afluíam, de portas, janelas e chaminés, filetes, regatos, riachos. Rio escuro e nauseabundo, constatou também, os olhos lacrimejando pelo ar varado de fedores.

Ela e Klaus ergueram as vestes para proteger nariz e boca. O homem já havia sumido de vista, sua música quase imperceptível, mas o rio de ratos continuava correndo vigoroso colina abaixo. Demorou bastante tempo para secar, os últimos animais eram como poças e depois gotas deixadas por uma enxurrada. Em seu rastro, apenas o silêncio atônito da aldeia.

Algum tempo depois do desaparecimento do forasteiro e dos animais, organizaram-se revistas coletivas, lideradas pelo barão. Por toda aquela tarde e o começo da noite, grupos de homens e mulheres examinaram minuciosamente as casas. Apesar da destruição e da bagunça deixada para trás, concluiu-se que de fato não restara sequer um rato na aldeia. Diante da certeza, a alegria foi incontrolável; e o senhor da terra, após ordenar a todos que voltassem para seus lares de modo a organizá-los, declarou que o dia e a noite seguinte seriam de celebração. Num arroubo de prodigalidade novamente atípico, mas que a ocasião justificava, o barão ordenou que utilizassem o restante dos grãos e dos vegetais oriundos da farta colheita daquele ano, que fosse servido o vinho do Reno de suas próprias barricas, e ainda que matassem dez carneiros do rebanho.

Assim foi. Durante o dia e a noite seguintes, a aldeia festejou. Todos comeram e beberam à vontade. Deixadas à toa, Helga, Klaus e outras crianças corriam para lá e cá, brincando de se esconder nas casas esvaziadas. E foi de dentro de uma delas que a garotinha ouviu o som inconfundível se aproximando lá fora. Correu para a janela e viu o forasteiro com a flauta passando pela ruela. A noite já ultrapassava os umbrais da madrugada, a lua estava atrás das nuvens e algumas tochas iluminavam o caminho vazio; o povo continuava no castelo e para lá ele se dirigiu, seguido de perto pelas crianças.

Quando o homem da flauta chegou, deparou-se com uma cena esdrúxula: toda a aldeia embriagada. Pessoas desmaiadas, caindo, cantando, brigando. Sem perder a compostura e os trejeitos bufônicos, abriu caminho entre elas, procurando pelo barão. Encontrou-o em seu estrado, esparramado em uma poltrona, seminu, a pançorra reluzindo com a gordura da carne de carneiro. Os olhos estavam semicerrados, e abriram-se um pouco ao reconhecer o recém-chegado. Este, após uma exagerada reverência, ajoelhou-se. Sem dizer palavra, estendeu as mãos a Von Hoffmann como quem pede algo.

O barão fitou-o por alguns instantes, a cabeça pendendo, até que seus olhos se acenderam diante de alguma vaga lembrança. Procurou ao redor, chamou um criado que estava por ali e gesticulou para ele. Pouco depois, o homem depositou um pernil de carneiro nas mãos do forasteiro. Este olhou do pedaço de carne para o barão, que deu de ombros e voltou a dormitar na poltrona; e Helga, de onde estava, viu o exato momento em que a expressão do homem da flauta se transformou. À luz das tochas já moribundas, ela horrorizou-se com a careta em que aquele rosto se converteu, os olhos assumindo um ar malévolo, os lábios crispando-se em um *sorriso* ao redor de dentes subitamente pontudos.

O forasteiro se ergueu, coluna sóbria em meio à desordem, levou a flauta à boca, inspirou longamente e começou a tocar. E assim que suas notas atingiram os pequenos ouvidos de Helga, ela se viu incapaz de pensar em qualquer outra coisa. Aflita e depois desesperada, procurou pelos pais; viu-os nos fundos do pátio, tombados no chão, cercados por garrafas. Logo não havia mais nada além daquelas estranhas notas despejadas no mundo noturno da aldeia. Uma após a outra, em acelerado ritmo, enfileiravam-se, marchando como um batalhão mágico que em instantes a cercou e capturou.

Com um tranco, o forasteiro pôs-se a caminhar e Helga teve que marchar também, prisioneira do homem e do som. Pelos cantos dos olhos, viu que outras crianças caminhavam da mesma forma, as expressões ausentes, os corpinhos obedecendo a alguma ordem misteriosa. Klaus estava ali, alguns metros à esquerda; olhava para Helga, a expressão assustada. Ela tentou chamá-lo, acalmá-lo, mas uma súbita nota estridente disparada pela flauta a impediu de gritar. O medo do rosto dele se transferiu para o dela.

E assim seguiram, o homem tocando e descendo a colina, seu batalhão de notas arrastando as crianças da aldeia atrás de si. Muitas crianças, Helga percebeu; talvez todas. Logo deixou de lutar contra aquilo que impulsionava seu corpo, e apenas contemplou. Conforme passavam pelas casas, viu saírem delas os meninos e as meninas que não participavam mais dos festejos. Alguns levavam bebês, que também pareciam hipnotizados.

A aldeia acabou ficando para trás. Agora caminhavam na escuridão, guiados apenas pela música que, envolta pelas trevas ao redor, assumira uma tonalidade sombria. Tornara-se macabra e apertava com mais força o corpo de Helga. Ela conhecia aquele caminho; iam na direção do rio Wesen. Logo passou a ouvir, à distância que diminuía, o suave rumorejar das águas. Conhecia-o também, sempre se acalmava ao escutá-lo. Mas não agora. Misturado à música da flauta, o rumor tornava-se um sussurro agourento.

De repente, viraram à esquerda, afastando-se do rio. Para onde iam? Sem conseguir mover o rosto, Helga mirava à frente, o céu já menos escuro do que há pouco. Sabia que estavam longe da aldeia. Queria chorar, queria desesperadamente os pais. Não enxergava mais Klaus. Viu apenas uma forma escura aproximando-se, cada vez maior à medida que andava; uma ausência contra o horizonte leitoso. Era uma colina. Não se lembrava daquele lugar, de ter estado lá. Instantes depois, viu a silhueta do forasteiro sumir adiante. Logo, ela mesma passou por uma fenda estreita e chegou a um espaço mais amplo. A visão periférica iluminou-se por tochas esparsas; estavam em uma caverna.

Movendo apenas os olhos, Helga viu o piso e o teto rochosos e irregulares, estreitando-se em alguns pontos, ampliando-se em outros, como câmaras. Era em uma delas que se encontrava; fora a primeira a entrar ali. Imaginou que as crianças estivessem logo atrás, espalhadas ao redor. Imaginou-lhes os corpos retesados e os rostos apavorados, assim como elas notaram o mesmo horror na sua figura. Nenhuma conseguia mover a boca. O forasteiro havia desaparecido, mas sua música tornou-se mais intensa na caverna; mais *perversa*. Ecoava por todos os lados e a melodia, embolada pelas notas, soava dissonante, sinistra.

Não se atenuou a força que dominava Helga e as outras crianças. Pelo contrário: ressoando pelas formações rochosas, as frases da flauta se multiplicavam. A menina continuou a ouvi-las por muito tempo, sem poder mover um dedo sequer. Os olhos permaneciam fixos adiante, nas reentrâncias escuras da caverna onde a luz das tochas não alcançava. No entanto... O que era aquilo? As sombras de fato se mexiam?

De repente, um gemido agudo invadiu a melodia. Vinha de trás, bem perto de Helga. Tentou virar o rosto na direção do som, em vão. Demorou poucos instantes para que reconhecesse aquela voz: sim, era Klaus! Ele estava logo ali, mas ela não conseguia virar o rosto em sua direção. O gemido se intensificou – o garoto lutava contra a boca que não podia se abrir – até converter-se em algo como um grito ocluso, ressoando naquele pequeno crânio, sem ter para onde se esvair. O que acontecia com Klaus? Estava ali, logo atrás de Helga, mas ela não podia ver nada. Podia, sim, chorar, e as lágrimas corriam sem cessar. Aos poucos, o grito gemido foi se desfazendo, despedaçando-se em pequenos fragmentos ainda agudos, depois em ruídos úmidos e moles, lacerantes, até ceder enfim à música – que jamais parou, agora vinda de todos os espaços escuros da caverna.

Baixando os olhos o máximo que podia, Helga viu uma mancha rubra avançando pelo piso rochoso. Ouviu também o chapinhar de alguma coisa que caminhava naquela poça, ou de algumas coisas. Depois muitas, chegando mais perto de seus pés. Ouviu, por fim, outros gritos oclusos soando pela caverna, um coral desvairado de vozes infantis abafadas, na culminância do desespero; todas se desfaziam após certo tempo.

Na reentrância à frente, Helga viu dois halos avermelhados cintilando em sua direção. E quando foi a sua vez de gemer gritando, ao sentir a primeira mordida, minúscula porém lancinante; quando foi a sua vez de gemer gritando com mais força ao sentir outras dezenas, centenas de dentes minúsculos a arrancarem pedaços seus; neste momento e não antes, aqueles olhos saltaram na sua direção. Os olhos do rato gigantesco e monstruoso cuja bocarra se fechou sobre sua cabeça.

Carol Mancini
é escritora de fantasia sombria e terror, ilustradora e professora de arte. Autora de *Nihil,* livro vencedor do Prêmio Odisseia de Literatura Fantástica 2019 Narrativa Longa de Horror, e de *Dias de Chuva*, já participou de diferentes coletâneas. Formada em teatro, atualmente cursa História, Sociedade e Cultura na PUCSP, além de trabalhar em futuras histórias.
Site: www.carolmancini.com
Instagram: @carolina_mancini_

*

A Sereiazinha não provém de uma recolha de contos tradicionais anônimos: é uma história autoral de Hans Christian Andersen, publicada em 1837. Inspira-se no folclore dinamarquês, mas reflete a crença popular cristã segundo a qual as criaturas fantásticas seriam desprovidas de uma alma imortal. É a promessa de imortalidade, e não o amor pelo príncipe, que leva a sereiazinha ao seu ato de redenção no final imaginado por Andersen – final que, em muitos recontos, é suavizado ou substituído por algo mais ao estilo "felizes para sempre".

CANÇÕES DE NAUFRÁGIO PARA ALMAS QUEBRADAS

CAROL MANCINI

Nas noites sombrias de lua nova, quando o som das baleias ressoa sobre as ondas, a esperança morre um pouco mais. Diário e livros a bordo, vinho ou rum, não são suficientes para aquecer um coração faminto de razões para viver. A alma humana, ainda que eterna, tem essa mania de refletir o vazio quando olha para o abismo do oceano profundo onde almas quebradas se tornam comida de tubarões.

Embriagados de rum e fumo, o suspiro morno se diferencia no ar gelado formando uma silhueta de inquietude: sendo a alma imortal, quais os pesares a serem encontrados na outra vida, quando o ceifeiro vem pela água gelada e afogamento?

Nas águas escuras é difícil saber se vemos, ou imaginamos ver, as inúmeras criaturas que dançam entre os espíritos da morte, cujas histórias interrompidas, naufragadas e entregues à dor, no mar se imortalizam como alimentos para o Kraken.

Mais um gole, mais uma baforada e mais inquietude: a vida é esse inevitável sofrimento, não pode a morte ser assim também…

*

Risadas se propagavam na taverna portuária enquanto a embriaguez mantinha os problemas do lado de fora, ainda que um ou outro se entristecesse. Tudo era mais do mesmo, até o baque reverberar sobre uma das mesas junto ao som de copos caindo. Um embrulho grande, como uma peça de carne entregue por um açougueiro, jazia sobre a madeira.

Sob os olhares de reprovação, o responsável pelo estardalhaço foi reconhecido. Com seu chapéu de três pontas, as tranças grossas, a pele negra cheia de cicatrizes, Dhoruba reluzia à luz dos lampiões.

– Mas que diabos você...

Esbaforido, Johan, o taverneiro, adiantou-se até o recém-chegado, mas se deteve quando o pirata ergueu a mão exigindo silêncio. Tendo-o conseguido, o forasteiro puxou o tecido encharcado que cobria seu embrulho.

Gritos, alguns mudos presos dentro das gargantas, foram as primeiras reações. Medo e indignação vieram a seguir. Até a mais descrente das prostitutas clamou por Deus. Todos admiravam a mulher vestida com trapos da vela de um navio, cujos olhos arregalados e azuis como água cristalina, cabelos pretos enrolados em algas e a pele lívida pareciam pintar no recinto a própria morte.

– Você ficou louco, Dhoruba...? – gritou o taberneiro, embasbacado.

Mais uma vez o pirata fez o gesto de silêncio. Porém, diante do absurdo da situação, Johan não se conteve:

– O que você tem na cabeça?

– Cale a boca – bufou o pirata. – E me traga um jarro com água salgada.

Mesmo contrariado, Johan o atendeu. Dhoruba pegou o jarro e derramou seu interior sobre a garota.

Os candelabros se apagaram num sopro gélido. Uma luz esverdeada envolveu a moça e lâminas invisíveis passaram em suas pernas, retalhando sua pele em fitas a se abrir. Cada pedaço era um tecido vivo. Veias ficaram expostas. Revelando sangue, os músculos se romperam e abriram a carne até os ossos, que se rearranjaram em algo novo, quebrando e estalando.

Os músculos dançaram e se refizeram, depois as veias e a pele. E quando os últimos tecidos vivos se entrelaçaram, cobriram-se com escamas furta-cor. Grande ao ponto de pender da mesa, uma barbatana apareceu, e foi quando os candelabros se reacenderam.

Gritos de pavor ressoaram na taverna. Sereias eram criaturas demoníacas, desprovidas de alma, que viviam cerca de três séculos, assombrando marinheiros e afundando navios. Não era à toa o horror.

– Aqui só há covardes. – Dito isso, Dhoruba a pegou no colo e atravessou a taverna até o pequeno palco. Sentou-a na borda e ordenou:

– Faça como o combinado.

A sereia encarou o pirata e a plateia. Depois fechou os olhos por alguns segundos, e tudo se tornou silêncio outra vez.

Suave, cheia de melancolia, iniciou seu canto. Sua voz reverberava pelo ambiente, acalentando os ouvidos e os corações, submergindo seus ouvintes nas alegrias de seus desejos mais secretos. Conforme a música andava, sentia-se mais confiante e a melodia obscurecia, entregando-os ao ostracismo. Cada um, sem perceber, sorria e chorava ao mesmo tempo, tornando seus rostos disformes em máscaras mal-acabadas de um espetáculo de teatro bizarro.

Dhoruba, imune, levou Johan pelo braço até a cozinha, tirando--o do transe.

– Encha novamente o jarro com água salgada, meu amigo. Ela precisa manter aquela barbatana no lugar se quisermos que continue cantando – cochichou, enquanto colocava o jarro em frente ao taverneiro, que ainda assimilava o ocorrido.

– Qual sua intenção, Dhoruba? – perguntou, inquieto.

– Apenas confie em mim, meu amigo, e aproveite as gorjetas.

*

Pela manhã, no porto, a presença da sereia cantora corria à boca pequena. Perto do meio-dia o vozerio chegou à feira e, no chá da tarde, inundou a casa das senhorinhas, desaguando nos corredores do palácio. Ninguém diria abertamente que o assunto era a sereia, ainda que todos falassem dela, resultando em um enorme público na taverna.

– É bom seu plano funcionar, Dhoruba – Johan reclamava. – Eu faço meu trabalho com muita seriedade para você vir aqui e...

– Calma meu, amigo. – Dhoruba se divertia com o nervosismo do outro. —Quando algo saiu do meu controle?

– Quando a tempestade afundou seu navio? – resmungou Johan.

Dhoruba fechou o cenho.

– Eu já atravessei inúmeras tempestades. Viajei para terras onde os mistérios não podem ser descritos por nenhum trovador. E se uma tempestade afundou meu navio, foi porque...

A porta da cozinha foi aberta de supetão, e Angelina, a prostituta mais velha do local, colocou a cabeça para dentro do aposento.

– Pelos sete mares, vocês podem se apressar?

Johan bufou, dando-se por vencido, enquanto o pirata saía da cozinha pela porta lateral. Ali, um corredor estreito era morada de criaturas pestilentas e terríveis memórias com cheiro de sangue...

*

Nem houve tempo para puxar o revólver quando a briga começou. Isso fez Dhoruba usar as adagas presas às botas. Atacou primeiro o mais forte, cujo soco repentino lhe acertou o queixo, deixando-o tonto. As falas, os insultos, os impropérios eram baixos demais até para amigos de um pirata. Aos gritos de *Aberração, você é uma fraude!*, Dhoruba sentia o sangue ferver e a visão turvar. Ele não poderia deixar que seu segredo se espalhasse.

Um golpe certeiro rasgou a garganta e o primeiro caiu ao chão. Todavia, os outros dois lhe dariam mais trabalho. Por um segundo desejou que fugissem. Não queria manchar-se com o sangue deles. T*alvez mudassem de ideia*, pensou, mas isso só aconteceria caso o extorquissem. Não! Teria que terminar ali. Aquele ódio não os deixaria quietos nem mesmo se lhes fossem arrancadas as línguas. Mais alguns golpes e estava feito. Três corpos aos seus pés e muitos ferimentos novos para a conta.

Na quietude momentânea ouvia-se o som do mar batendo nas rochas, quebrando antes de chegar na praia. Até que o barulho de botas sobre o cascalho revelou mais alguém.

Você deveria ter me contado!, o recém-chegado gritou para Dhoruba, mas este não poderia se manter ao lado de alguém tão passional... O capitão curvou os ombros e suspirou, fingindo se entregar. Então retirou a arma do coldre e atirou na cabeça do outro. Nada de dor ali, além da sua.

*

Na taverna, o vozerio o libertava do passado. Espremeu os olhos afastando a última lembrança: Johan, enraivecido, mas também complacente, o ajudando a esconder os corpos naquele corredor, até a elaboração de um plano de desova.

Palmas compassadas conduzidas pelo pianista à frente da cortina ritmavam a empolgação da plateia. Dhoruba passou rápido pela sereia, notando que Angelina havia feito um excelente trabalho ao vesti-la.

Com um gesto brusco, o pirata abriu espaço entre as cortinas, revelando-se ao público. No mesmo instante, fez-se o silêncio, tamanho era o respeito que sua presença impunha. Depois desceu do palco pela lateral, onde se colocou em guarda.

As cortinas se abriram e o assombro percorreu todo o salão. Mesmo aqueles que a tinham visto na noite anterior ficaram deslumbrados com o trabalho de Angelina. Os cabelos penteados em cachos escorriam pelos ombros em cascatas escuras. Sobre a cabeça uma coroa de conchas e pérolas reluzia, e um véu branco caía-lhe do cabelo, cobrindo-lhe as costas em direção ao chão, feito uma cachoeira. Um corselete azul-marinho moldava sua cintura sobre um vestido branco, cuja abertura improvisada revelava sua barbatana, mantida úmida, dentro de uma tina rasa.

A sereia cantou sua primeira palavra mística e, dali em diante, a música afundaria os presentes nos sonhos narrados por ela.

*

O cemitério de tubarões não é o lugar em que eles morrem, e sim uma extensão de mar aberto onde os corpos dos marinheiros de navios naufragados se tornam alimento, e seus restos, quase soterrados, viram morada de crustáceos e corais. Talvez um espetáculo desagradável para os humanos, mas para Íris, a sereia de longos cabelos cor da noite, era só o mar vermelho, parte de sua travessia.

Donas dos oceanos, as sereias frequentemente viajavam com tubarões, protegidas pelo medo que impunham aos humanos. Algumas, como Íris, ressoavam com aquela força que a impulsionava a desbravar o mundo e seus limites. Inconsequente ou não, era sua natureza, e nada seria capaz de persuadi-la a viver uma vida tranquila no mar.

Após o cemitério dos tubarões ela entrou no território das lulas gigantes, criaturas do tamanho de navios que guardavam o portal para a casa de Anêmona. Ali, na escuridão da morte, cada vez mais fundo, a única luz vinha das criaturas abissais e luminescentes, de dentes afiados ou de peles transparentes cujos órgãos luminosos atraiam tanto presas quanto predadores.

Quando as caravelas surgiram, feito castiçais num grande salão, Íris soube que havia chegado. Ansiosa por conhecer o mundo humano, ela passou muito nova pelo ritual, e suas experiências, mesmo as ameaçadoras, foram incríveis. Agora, ela queria mais.

Na escuridão, olhos de lava surgiram, fazendo-a lembrar de seu primeiro encontro com a bruxa.

– Humanos se desesperam – Anêmona dizia. – Choram. Odeiam... Como têm alma, frequentemente ela se quebra e eles vivem na deriva eterna de angústia. Sua existência é dor. Até seu amor é dor.

Não faltavam histórias de sereias que desistiram ali, ao serem tocadas pelo beijo nefasto de Anêmona. Não suportavam os prenúncios sobre a tristeza que as esperaria quando a barbatana rompesse em pernas, então voltavam para casa.

Já as mais corajosas andariam entre humanos com certa frequência, causando pavor ou adoração com seu magnetismo. No entanto, a falta de interação as entediava e, desinteressadas, voltavam para o mar.

Íris, inusitadamente, fez outro caminho.

Entre os humanos encantou-se primeiro pelas feiras ao ar livre, depois por suas roupas e comidas, engenhocas e cultivo de flores. Sorrateira, furtava para satisfazer sua curiosidade. Depois aprendeu que humanos trocavam de tudo por moedas de ouro, e para sua sorte ela tinha acesso a uma infinidade delas, nos navios naufragados.

Assim passou a comprar vestidos, pães, doces e todo tipo de artefato. As roupas eram úteis para andar entre os humanos, e as guloseimas, degustava sozinha na praia, ao cair da noite. Já os artefatos, Íris levava até uma pequena ilha onde fez seu próprio tesouro, escondendo suas preciosidades no buraco de uma árvore velha e frondosa. A sereia estava satisfeita com seu modo de vida, até o surgimento daquele navio.

A carranca na proa, de uma criatura metade mulher, metade caranguejo, e sua pintura alaranjada já tornavam *Akan* um navio ímpar. Mas havia, claro, seu capitão.

Não eram seu riso fácil, seus olhos brilhantes ou sua pele negra que faziam Dhoruba especial para Íris, mas sim a forma como ele olhava e segurava um objeto retangular, feito de couro e papel. A sereia tinha dois ou três objetos como aquele, mas não fazia ideia da sua utilidade. Como poderia algo tão simples hipnotizar aquele humano?

Íris o observava do mar, pensando se aguardaria *Akan* aportar para que ela se apresentasse. Mas, sem sua voz, como fazer perguntas ao pirata?

Inebriada pela dúvida, viu um relâmpago cruzar o céu. Nuvens densas se formaram sobre o mar que, ao leste, se agitava. A tempestade, antes longínqua, se aproximava rápido, indicando que o Kraken queria alimentar seus filhos e angariar mais algumas almas.

Íris encarou a água turva, sentindo a aproximação dos tubarões. Ela poderia cantar uma melodia de morte e tornar o fim da vida daqueles homens menos terrível, no entanto queria outra coisa. Ela voltou a olhar para o navio e viu Dhoruba num canto, com sua bebida e os olhos cerrados no objeto, alheio ao mundo e aos perigos do mar. Seria impossível avisá-lo da tempestade ou impedir que o navio afundasse. Ela mesma não tinha motivos para ignorar as vontades do Kraken, só desejava falar com o pirata.

Sendo também filha do mar, poderia exigir parte do naufrágio para si, então cantou enquanto a tempestade se aproximava e os gritos ressoavam com sua canção. A pólvora vazou dos barris, e as chamas tomaram conta do convés. O casco do navio rachou e partiu. Pedaços de madeira caíram na água com a explosão, arremessando os homens ao mar. Relâmpagos iluminaram o céu, e os piratas se agarravam do modo que podiam à vida e aos destroços, enquanto os que se afogavam eram contabilizados como espíritos perdidos... Memórias para o Kraken.

Íris teria só até a madrugada para agir no naufrágio como desejasse, e então o mar permitiria que os tubarões fizessem seu trabalho. Ela nadou entre os destroços e o fogo, encontrando Dhoruba agarrado ao leme que afundava. Íris cantou em sua orelha e o pirata se soltou, para ser levado por ela até a praia.

Na aurora, Dhoruba recuperava sua razão. O pirata já havia visto de tudo nas terras pelas quais passou, e encontrar uma sereia, ainda que fosse algo mágico, não lhe causava maior espanto do que ter perdido seus homens e *Akan* para o Kraken.

Conforme passava o tempo necessário para a recuperação do

pirata, Íris e Dhoruba se tornaram amigos. Ele entendeu a dinâmica da transformação da sereia em mulher, e ela escutou a versão do pirata sobre o mundo. Quando ele já se sentia forte para partir, ela lhe pediu um favor.

– Veja. – A sereia trazia consigo uma sacola de couro, que deixou na beira da água, sobre as rochas, antes de mergulhar para ter de novo sua voz. – Preciso saber para que servem esses objetos.

– Isso? São livros – Dhoruba explicou, rindo. – Neles todos os tipos de histórias são escritas, para que outras pessoas possam ler.

– Eu não entendo nenhuma dessas palavras. – Íris encarou-o brincalhona. – Talvez pudesse começar do início. É um favor pequeno para alguém que salvou sua vida, não?

– Tem razão – falou Dhoruba, achando graça. – Vou fazer mais. Ensinarei você a ler.

Cumprindo sua promessa, o pirata partiu depois de ensinar Íris. A sereia, tendo descoberto a leitura, encontrou uma nova razão para se aproximar dos humanos. Suas experiências tornavam-se conhecimento.

Utilizando as pedras preciosas e moedas que tirava dos naufrágios, Íris comprava livros, e a cada história lida descobria infinitas experiências a desbravar. Para isso, a sereia teve de se adaptar totalmente às vestimentas, aos costumes e às mazelas de ser uma mulher.

Pérolas e diamantes permitiam que pagasse por hospedagens e viagens. Já para se comunicar, escrevia em um caderno de anotações que levava em uma maleta ou debaixo do braço. Assim ela viu o mundo. Conheceu igrejas e jardins enormes, andou de carruagem, visitou cemitérios, adentrou florestas e festas de todo tipo.

Anos haviam se passado quando, no anoitecer de uma cidade portuária, Íris resolveu desviar do caminho de sua hospedaria para tomar uma bebida em uma taverna. Andando entre as mesas e as pessoas alegres, a sereia escutou uma voz conhecida, contando anedotas e angariando risadas.

– Íris? – Assim que Dhoruba a viu, ergueu-se da cadeira e correu em sua direção. – Você está linda! Mas o que faz aqui?

A sereia sorriu, apontando para sua garganta e depois para suas pernas embaixo do vestido. O pirata, que havia se tornado só uma lembrança, fez um aceno com a cabeça demonstrando que entendia e sorriu, envergonhado por ter esquecido como *aquilo* funcionava.

– Tudo bem, donzela – falou em seu ouvido. – Você quer que eu lhe arranje um pouco de água salgada para que possamos conversar, ou aceitaria uma dança?

Íris escorregou sua mão pelo braço do pirata e colocou-a em sua cintura, indicando com o olhar as pessoas dançando no salão.

Ao som das músicas mais animadas, dançaram, beberam e riram até quase cair. A espontaneidade de Íris e seus olhos profundos foram ganhando Dhoruba, cujo coração estaria em suas mãos até o final da noite.

Na madrugada, quando a taverna mergulhou no silêncio, resolveram caminhar na praia, atravessando pedras altas e afastando-se do porto. Escondidos dos olhares curiosos, as ondas do mar chamavam por Íris, que se despiu e correu para a água.

– Ah! Como é bom pode falar novamente! – exclamou ao submergir.

– E é muito bom ouvir sua voz. – Dhoruba se aproximou, nadando próximo a ela. – Agora, que tal me contar como uma sereiazinha tem rodado o mundo até o Caribe e se tornou uma donzela?

Empolgada, Íris lhe falou de suas aventuras. Como, a cada livro que lia, queria conhecer um lugar novo. Depois aprendeu cartografia, um pouco de astronomia e, viajando, descobriu o valor real das joias que possuía, usando-as a seu favor. Falou das cidades que conhecera, dos perigos que passara, das festas às quais fora convidada e dos segredos que ouvira, já que perder a voz, aparentemente, fazia dela uma excelente ouvinte.

Dhoruba ria diante suas anedotas, inebriado por seu encanto.

– E amores? – ele perguntou, sorrindo de canto. – Nessas aventuras alguém já ganhou seu coração?

Íris pensou por um instante nos homens que conhecera e depois no seu povo. Não era comum ter parceiros para a vida toda. Sua sociedade era diferente e os arranjos se formavam e se soltavam com fluidez. Mas nos livros havia lido sobre o amor. Seria capaz de sentir? Ela o encarou mais uma vez, aproximando-se. Dhoruba segurou seu rosto com uma das mãos.

– Se não tem ninguém, posso me candidatar ao posto?

O beijo e o romance foram inevitáveis. Para Dhoruba, era claro o que sentia. Ficaria com Íris até sua morte. A sereia gostava de sua companhia e sentia-se atraída por ele. Além do mais, o segredo mais bem guardado do pirata não lhe parecia um problema. Afinal, ter nascido menina não o tornava um homem inferior.

– Talvez o destino tenha traçado um plano para que nossas almas – Dhoruba suspirou.

Séria, Íris o encarou:

– Mas eu não tenho alma, Dhoruba!

*

A sereia engoliu as lembranças junto com um punhado de água salgada.

Anêmona a mergulhava na escuridão pela segunda vez.

– Você veio ao lugar errado. O que posso oferecer, você já tem.

– Eu quero mais do que pernas – Íris insistia.

– Você está diferente. Posso ver que adquiriu mais conhecimento do que suporta, mas esse mesmo conhecimento é finito e isso a corrói.

– Eu sei sobre muitas coisas, mas não entendo completamente. Por isso o fim me assusta. Não quero me tornar apenas espuma para enfeitar praias, quando há uma infinidade de saberes. Eu quero a eternidade. Quero uma alma humana.

– Quereres estúpidos. – Anêmona ria nas sombras. – Mas, se sabe tanto, sabe que não posso lhe dar uma alma.

– Mas você é anterior à própria vida. Se alguém sabe como posso conseguir uma alma, é você, Anêmona.

– Tem razão, criança. Existe outro ser tão antigo quanto eu. Um titã capaz de projetar-se por todo o oceano, através de todas as criaturas...

– O Kraken? – Íris refletiu por um instante. – Ele toma para si as almas que deseja colecionar...

– Ele toma. Ele come. Ele coleciona e ele cria. Apenas dê a ele um tipo de alma que ainda não tem. Uma alma valiosa como a própria vida.

– Uma alma valiosa... como a de um rei?

– Isso é você que deve descobrir.

*

Fazia pouco tempo que Íris cantava na taverna quando *ele* chegou. Enrique II era muito jovem para seu posto. Órfão, precisou ocupar o trono e aprender a reinar do seu jeito, o que significava, em parte do tempo, realizar apenas sua vontade. Talvez por isso ele entendeu rápido que, se quisesse tomar posse da sereia, deveria negociar com o pirata, o que não o deixava exatamente feliz, mas agradava seu ego aventureiro.

Os encantos de Íris à mesa, ou desfilando ao lado do rei, deram o que falar na cidade. Foi questão de dias para que sua postura frágil se apagasse, e a dama que aprendera a ser tomasse o lugar. No palácio uma imensa sala foi preparada para ela, com água salgada descendo por cascatas esculpidas no mármore, onde a sereia sentava e cantava durante os bailes por toda a noite.

Dhoruba, entre banquetes e conforto, fazia seu papel de interesseiro, mas no fundo temia: *E se, em vez de entregar a alma do rei ao Kraken, Íris almejasse ser rainha?* Seus encantos sobre Enrique cresciam e a mesma ideia correu no povoado, enquanto uma bruma densa se aproximava e o mar revolto assolava os navios.

Semanas correram e os problemas no povoado só aumentavam: aquele que ouviam o canto de Íris adquiriam moléstias de alma, entregavam-se às suas camas e deixavam de trabalhar e pescar. Já os que buscavam sobreviver causavam brigas e desordem.

O rei, ouvindo esses rumores, tornou o canto de Íris seu passatempo exclusivo.

*

– O que você pretende, afinal? – Dhoruba entrou no quarto de Íris, que, além da cama, possuía uma grande tina de água salgada onde ela se banhava.

– Como ousa falar assim comigo? – ela reagiu.

– Uma alma por outra já me parece um absurdo, mas...

– Mas o quê, Dhoruba? – Íris o interrompeu. – Quantos homens você matou por bem menos do que isso?

– Não é a mesma coisa. Crianças estão morrendo de fome. Os peixes parecem fugir deste mar. O céu está coberto por nuvens há tanto tempo que nem consigo me lembrar do último dia de sol.

Íris pensou por um instante.

– É o Kraken. Ele ouviu meu chamado e está muito perto…

Dhoruba, aflito, sentou, deixando a cabeça pender.

– Quanto tempo mais? – perguntou.

– Entenda, Dhoruba. Eu farei o que for preciso pela minha alma. Receberei seus agrados, suas joias e sua companhia. Dormirei com o rei, se precisar. Preciso ter certeza de que sua alma me pertence antes da troca. O tempo é só um detalhe.

– Se quiser, me procure quando isso acabar. – Sem esperar resposta, Dhoruba levantou e se foi.

*

Três meses e a cidade ruía. Entre os animais mortos na praia, os moradores adoecidos e as ruas cheirando a mijo, Enrique planejava seu casamento. A corte, ainda que temesse a influência de Íris sobre o grande mal da cidade, achava aquela situação menos perigosa do que contestá-lo. A cerimônia aconteceria em um navio, atracado no porto, e deveria contar com os lordes e condessas a bordo, enquanto a população à beira da embarcação festejaria com um excepcional banquete e vinho da melhor safra.

Para iluminar a festa e afastar a bruma que envolvia a cidade, tochas foram acesas por toda a praia, dando falso calor aos presentes. Metade do povo desejava que a sereia levasse o rei para longe e o afundasse no mar. A outra metade não tinha forças para sonhar com algo. Foram horas de música, ainda que ninguém dançasse e Íris, pela primeira vez, não cantou. O rei não era nada para ela, mas de certa forma se afeiçoou a ele, por sua quase inocência e infantilidade. No entanto, por que a alma de um rei valeria mais que sua vontade?

Animado, Sua Majestade deixou-a sozinha por um instante, enquanto dava ordens ao capitão sobre a rota. Íris, ensimesmada em seus pensamentos, viu o novo *Akan* ao longe, atracado no mar, entre a bruma, e sentiu o estômago pesar. Depois olhou a cidade e pela primeira vez teve pressa. Tudo que aprendera a gostar, como as feiras, as frutas e o colorido, foram varridos daquele povoado.

Enrique se aproximou, enlaçando-a pela cintura, e lhe roubou um longo beijo, que durou enquanto o navio partia. Com a mente levada para os livros que lera, Íris teve forças para fazer o povo, apenas com seu pensamento, erguer os braços e acenar. Sem sorrisos, sem vontades, apenas como fantasmas na praia.

*

Todos dormiam no navio quando a sereia acordou Enrique. O rei, assustado, mirou seu rosto pálido. Sua espinha se arrepiou e seu coração pareceu congelar. Os olhos azuis de sua esposa lhe roubavam a vida.

Íris o puxou pelo braço e seguiram na direção da proa. O navio balançava no mar tempestuoso enquanto raios cruzavam a noite. Ao pisarem no convés, trovões tomaram a noite, encobrindo o grito de Enrique. Tentáculos rodeavam o navio, e à sua frente uma enorme criatura se erguera das profundezas do mar, cuja boca, sob os tentáculos pegajosos, poderia facilmente engolir o navio. Coberta de corais e algas, a criatura tampava o horizonte.

– Íris, o que isso significa? – Enrique balbuciou.

O mar revolto lançou suas ondas para dentro da embarcação. Aos pés da sereia um brilho pálido, esverdeado, ganhou suas pernas e subiu até a garganta, devolvendo-lhe a voz, porém mantendo seu corpo de aparência humana.

– Eu diria que sinto muito, Enrique, mas não seria verdade.

A tempestade, o Kraken e Íris tornavam-se um só graças ao pacto. De frente para Enrique, e com o Kraken às suas costas, ela cantou a música mais terrível de todas, levando o rei para dentro de seu pior pesadelo, tornando seus olhos petrificados e a respiração lenta, quase imperceptível. Com o rei paralisado, ela se virou para o titã. Seus cabelos balançavam no vento e seus olhos reluziram.

– Kraken! – gritou. – Este é Enrique II, o rei de toda uma nação, cujo poder e valor são inestimáveis. Eu o trouxe até você, como venho lhe cantando através do vento. Ofereço a alma dele, que hoje me pertence, em troca de uma alma para mim.

O navio balançava ainda mais, e a tempestade anunciava a chegada de um tufão. Os raios pareciam se aproximar, iluminando por alguns segundos ambas as criaturas antes de devolvê-las para as sombras, em uma continua alternância de luz e escuridão.

– Sereia. Sua tolice me decepciona. – A voz do Kraken soava em sua mente. – De nada me vale a alma de um rei, ainda que a tenha tomado para você. Existe algo muito mais valioso em suas mãos.

Íris não teve de pensar sobre o que o titã falava. No balançar do navio, as ondas jogaram um homem aos seus pés.

– Dhoruba? – Ela correu até ele, notando que seus olhos estavam brancos como os de Enrique.

– Íris? – Ele murmurou ao ouvir sua voz. – Eu não pude... Não consegui fugir.

– O que você vai fazer? – Íris se ergueu novamente, encarando o Kraken.

– Ele a ama. Tanto que, por você, aceitou planos nefastos. A alma dele pertence a você, e o amor dele é o que torna sua alma tão valiosa para mim.

Vindo das costas do Kraken, um raio cortou os céus e acertou Dhoruba, entregando o corpo do pirata a espasmos e dor. No meio da tempestade, como um pássaro branco, a alma do pirata deixou seu corpo, entregando-se ao Kraken que, satisfeito, levou consigo o temporal, deixando uma garoa fina sobre o navio.

Com a aurora, Íris se viu de pé, ao lado de Dhoruba morto e de Enrique desmaiado.

A sereia olhou em todas as direções, confusa, com medo, sentindo apenas uma lágrima cair de seu rosto, até notar um pássaro voando no horizonte, vindo de onde o sol nascia. Quando chegou muito perto, feito uma luz pálida, a ave entrou em seu peito.

Íris tomou ar, como se nunca tivesse respirado, e o peito se encheu também de angústia. Os joelhos pesaram, e a garoa lhe parecia mais fria do que o oceano dos polos. Tremeu. As pernas falharam. Íris levou as mãos à boca e gritou. O choro rompeu de uma vez: ela sentia o peso da morte e o enorme vazio da perda. Sua alma nascia quebrada, e a sereia sucumbiu.

As lembranças com Dhoruba ganharam outro sentido em sua mente; eram lâminas afiadas cortando seu coração que, se pudesse, arrancaria do peito. O primeiro beijo parecia voltar aos seus lábios, aumentando a incompreensão do que era aquele sentimento de solidão. Seu corpo, incapaz de aguentar a culpa, caiu no convés.

A corte, despertando do pesadelo hipnótico que havia enfrentando, subiu ao convés. Alguns tentaram acordar o rei; outros, assim que viram Íris ajoelhada e o pirata morto, teceram suas versões da história.

– Se afastem de mim!

Com seu grito ela ganhou distância dos homens e mulheres que a encaravam.

Íris tentava afastar a sensação de estar vulnerável. Sentia-se nua, sozinha e ferida diante seus olhares de pavor.

– Já destruiu nossa cidade. O que mais você quer? – gritou uma mulher entre eles.

A sereia se lembrou dos presentes na cerimônia de casamento. De como a aproximação do Kraken havia levado a miséria e sofrimento enquanto ela se concentrava na sua busca pessoal. Não. Fora ela a responsável.

Seus olhos foram das pessoas da corte para Enrique e para o corpo de Dhoruba. Só havia uma coisa a fazer.

Íris pegou o pirata e mergulhou no mar.

*

Enrique II precisou de meses para se recuperar, e a corte tornou--o também vítima, enquanto a cidade se reerguia. Johan soube que iria falir: afinal seu estabelecimento fora a porta de entrada para Íris. Para sua sorte, no entanto, recebeu no meio da noite um punhado de moedas de ouro e diamantes, cujo embrulho cheirava a peixe, e pôde ir embora com Angelina, tentar a vida em outro lugar.

Dhoruba ganhou um enterro digno no mar. Ele foi queimado sobre uma prancha, exatamente onde o primeiro *Akan* tinha afundado.

Já a pequena sereia, dizem que voltou à cidade do Rei Enrique II e tomou o segundo *Akan* para si, atracado naqueles mares. Solitária, ela segue em seu comando e, nas noites mais sombrias, se alguém tiver a falta de sorte de encontrá-la, pode vê-la sentada na proa do navio, vestida com as roupas do pirata, cantando sobre naufrágios ou encarando o horizonte enquanto enfrenta a crueldade de sua alma entregue às sombras.

Liége Báccaro Toledo
nasceu em Londrina, PR, em 1987, e desde que se conhece por gente gosta de contar histórias e ouvi-las. É formada em Letras na Universidade Estadual de Londrina (UEL) e é mestra em Estudos da Linguagem pela mesma instituição. Trabalha como professora de produção textual no ensino fundamental, mas gosta mesmo é de ler, escrever (não que uma coisa exclua a outra, muito pelo contrário) e de jogar RPG – e por meio dessas coisas é que vive suas aventuras, mesmo nunca saindo de sua própria cidade. Graças a seu marido, acredita em finais felizes e acha que a vida é uma grande história de amor. Twitter @AstreyaBhael

*

Um dos contos de fadas mais difundidos em todo o mundo, *Cinderela* tem raízes na história de Rodopis, no Antigo Egito, e aparece no *Pentamerone* de Giambattista Basile (1634). As versões mais conhecidas são as de Charles Perrault e dos Irmãos Grimm, nas quais ficam patentes as diferenças entre a sociedade da França do Rei Sol e a da Alemanha das primeiras décadas dos anos 1800. Pesquisadores apontam a existência de histórias semelhantes em vários países, sendo a parte final aquela que varia mais: as irmãs (nem sempre tão) malvadas tanto podem ser recompensadas com maridos nobres quanto sofrer castigos cruéis. O auxiliar mágico também pode variar: fada madrinha, árvore mágica, pássaros mágicos e até uma vaca mágica, que aparece numa versão da Bulgária.

BOA NOITE, CINDERELA — Liège Báccaro Toledo

Sou o sonho de tua esperança,
Tua febre que nunca descansa,
O delírio que te há de matar!...
Álvares de Azevedo

Como toda história que a Mila ama, esta começou com um príncipe.

Pra ela, é claro, porque eu senti o cheiro de pântano desde o início. Aquilo era um sapo, o problema é que ele *parecia* um príncipe. Bonito, alto, moreno, filho de advogado, fala articulada. Estudava com a Mila no primeiro período da faculdade de Direito, erro de percurso que ela abandonou pra cursar Veterinária. Mila sempre gostou de bicho: passarinho, cachorro, peixe etc. Gostava até do gato arredio da minha mãe (que eu apelidei de Lúcifer). Lembro de ver ela chorando, pedindo pra gente não matar os ratos que às vezes apareciam lá em casa. Minha mãe tinha que colocar chumbinho pela casa escondida.

É, a Camila é dessas que não têm coragem de ferir uma mosca. Só que ela sempre foi muito boa em ferir a si mesma acreditando em quem não deve.

Quando a Mila chegou em casa pela primeira vez, achei que parecia uma princesinha. Cabecinha cheia de cachos dourados, olhos grandes, sabe como é... Bebê de propaganda de fralda. Minha mãe costumava dizer que era pra gente se odiar, e nunca fez muito esforço pro contrário acontecer, a bem da verdade. Desde o primeiro dia, implicou com a enteada. "Muito fresquinha". "Menina mimada". "Chatinha, não come direito". O pior é que a Mila era um amor, fazia tudo pra agradar. Limpava a casa, lavava roupa, até chá na cama pra dona Valkíria ela levava.

Mamãe retribuía dizendo que a Mila era "sem gracinha". Que as pessoas só achavam ela maravilhosa porque "vivemos num país que baba ovo pra qualquer criatura de olho azul". Pode até ser, mas a Mila é mesmo linda. Sempre foi. E eu, a filha da dona Valkíria, era o oposto: grande, desajeitada, não muito bonita. Mamãe se mordia, por mais que eu não me importasse; ela é que ligava pra aparência e pro *status* que isso traz. Então, né, veja bem: Mila meiga, doce, voz de sereia. E eu, Lílian? Troncuda, cabelo preto espetado, nariz de italiana – o nariz da minha avó paterna. Pois é. Mesmo com toda a torcida contrária e as supostas diferenças, cresci adorando minha irmã, e vice-versa.

Viramos essa dupla imbatível. Quer ver? Nunca fui muito fã de escola, mas me dava bem com Matemática, enquanto a Camila tinha dor de barriga toda santa prova do professor Gilberto, que gostava mais de falar da própria vida do que de Geometria. Ela me ajudava com absolutamente tudo, e na Matemática, a única matéria em que ela se perdia, estava lá a "Lila" pra dar um jeito. E assim somos até hoje. Mila e Lila. Português e Matemática. Balé e Judô. Romance e terror. Era pra gente se odiar, mas a gente se adora. A gente se completa.

Até que um dia... o "príncipe".

Rafael era o nome do sujeito. Eles começaram a sair só depois que ela foi pra Vet. Em uma semana, Mila já tava apaixonada, nas nuvens. Ela tinha vinte e um anos e nunca tinha ficado com ninguém a sério. Camila era romântica, mas ressabiada. Ela me dizia que era virgem, e eu sabia que era, porque tinha passado os anos de escola enfiada nos livros e na igreja. Eu é que era a ovelha negra – e, mesmo assim, mamãe dizia que tinha orgulho era de mim. "Tua irmã é uma sonsa".

*

Bom, tal qual o gato, eu também apelidei o Rafael de Lúcifer. Mila brigava comigo, mas não adiantava. Eu continuava perguntando pra ela como é que estava o "Lu". A gente não se bicava, eu e o Rafael. Não pude evitar.

Foi ódio à primeira vista.

A dupla imbatível, naquela época, se desfez. Mila começou a

ficar mais arredia comigo, por causa do jeito como eu falava do dito cujo. Sim, às vezes eu pegava pesado. Hoje sei que tinha razão, mas, naquela época, ainda não sabíamos. O que eu sabia é que eu *conhecia* minha irmã. Desde sempre, Mila tinha sonhado em casar, ter filhos, aquela coisa toda. Tenho pra mim que ela também queria escapar da casa da madrasta e ter um canto dela, pra montar a família que nunca conseguiu ter depois que meu padrasto, o Augusto, morreu. A mamãe podia ter ajudado um pouco, amado ela um pouco. Mas a rejeição tava ali. Pelo menos a Camila sempre teve a mim, e eu, a ela. Só que o Rafael bagunçou as coisas. Mila ficou meio enfeitiçada, de um jeito que eu nunca tinha visto. E eu sabia que o patife queria tudo, menos formar família de propaganda de margarina. Nem com ela, nem com ninguém.

A confirmação das minhas suspeitas chegou numa noite de maio.

Era aniversário do Rafael. Ele tinha convidado a Mila pra inauguração de uma casa noturna, a Meia-Noite. Negócio fino, cheio dos amiguinhos dele. Quando cheguei em casa, o diabo estava com a bunda no nosso sofá arranhado. Ele me olhou com cara de nojo – disfarçou, mas eu vi. Na cabeça do Rafael, uma mulher como eu nem precisava existir. O mundo devia ser povoado por modelos loiras e magras. Eu não tinha nenhum problema com ele me achar horrível, gorda ou o diabo a quatro, até porque o que eu achava dele era mil vezes pior. O meu problema era o que ele achava da *Camila*. Porque a Mila não era estúpida, não era uma boneca, não era a "gata" dele.

– Boa noite – eu disse, seca, e fui pro meu quarto e da Mila.

Quando entrei, quase caí de costas. Tinha chovido cinco dias seguidos até ali, fazia um friozinho considerável. Mesmo assim, Mila tinha botado um vestido cheio de paetês azuis, uma meia-calça que só servia pra passar raiva quando rasgasse e um sapato de salto quinze. *Scarpin*, transparente, todo cravejado de cristaizinhos. Agora, veja bem, Mila só usava sapatilha e tênis. Mila era friorenta, e tava de decote e vestido curto enquanto fazia uns 16 graus lá fora (e 16 graus, pra Mila, já é padecer no nono círculo do inferno de Dante).

– Quê isso, Mila?

Ela se encolheu. Já sabia o que eu ia dizer.

– O Rafa me deu, não é lindo?

– Cê sabe que não é meu gosto. Mas não é o teu também, é? Cê falou isso pra ele, Camila?

– Não, Lila, caramba! Foi um presente!

– Mas tá frio! Outra coisa, cê vai cair. Vai quebrar esse salto. Dizem que a Meia-Noite é cheia de escada, e se teu sapato sai? Esse negócio transparente deve suar, quem é que faz um sapato desses?!

Mila se aproximou, andando meio desajeitada, e deu um beijo de tchau na minha bochecha. Eu segurei o braço dela.

– Mila... Não vai, não, Mila.

– Que é isso, Lila? – ela riu, meio desconfortável. – Poxa vida.

– Ele tá te vestindo igual boneca. Outro dia, foi aquela bolsa. O brinco. O perfume.

– Ele gosta de me presentear, Lila. É só isso.

– Camila, vê se se cuida. Por favor. Nunca vi você fazendo chapa, se maquiando desse jeito, você nunca ligou muito pra isso. Esses amigos dele, pelo amor de Deus...

Ela riu, meio brava.

– Pode deixar, Lilian. Eu sei me cuidar. Não sou sonsa como a sua mãe diz. Ai!

Eu não tinha percebido, mas tinha apertado o braço dela com força até arrancar um paetê da manga. Eu tava com *medo*. Hoje penso que devia era ter rasgado aquela merda daquele vestido e ter forçado ela a ficar em casa. Só que achei que não devia me meter mais. Grande erro. Quando fui falar alguma coisa, senti o perfume do Rafael entrando no quarto.

– Gata! Você tá *gata* demais! Vem aqui, dá uma voltinha, vem... Nossa, mas se embrulhou pra presente mesmo, hein, gata?

Ele só chamava ela de "gata". *Argh*. Eu sentia enjoo toda vez que ouvia aquilo. Olhei pra minha irmã, que virava pelo quarto feito um frango no espeto, e vi um certo constrangimento nos olhos dela, alguma coisa de incômodo, que acabou se apagando quando o Rafael a beijou na boca. Vi a Mila tirando a mão dele do traseiro, discreta.

Puta merda. Puta merda. Zero elegância.

Ainda estava enjoada quando ouvi o carro do Lúcifer indo embora.

*

Passei a noite toda acordada, olhando o celular. Minha mãe tava dormindo havia eras, derrubada pelo ansiolítico. Depois que a gente fez dezoito, dona Valkíria decidiu que a nossa obrigação era se virar e não encher muito o saco, "arcando com as consequências dos nossos próprios atos". Fazia tempo que o único ser que ganhava colo dela era o gato. Eu já tava bem habituada, mas, naquela noite, desejei ter alguém pra compartilhar a angústia. Pensei em ligar pra Geovana, minha amiga da Psicologia, mas ela devia estar na cidade da mãe dela, e era tarde.

Mila, tá tudo bem? Quando der, responde.

Mandei essa mensagem e esperei. Deu meia-noite. Uma hora. Duas, três, quatro, *cinco*. Mila nunca tinha ficado fora de casa por tanto tempo. Nada de visualizar, nada de responder. Liguei pra ela mais uma vez. Liguei até pro idiota do Rafael. Nada, fora de área. O maldito sol já tava quase querendo dar as caras. Minha cabeça ria de mim, porque a conclusão lógica era que a Mila tinha decidido passar a noite com o aniversariante. Mas meu coração tava apertado. Decidi pegar o carro e ir na merda da Meia-Noite, na polícia, hospital, IML, sei lá. Não me importava em fazer papel de neurótica.

Quando tava calçando o tênis, o celular finalmente vibrou.

– Alô? Lílian?

Era uma voz que eu não conhecia.

– Eu sou amigo do Rafael Vicente. Ele pediu pra eu te ligar. A Camila caiu...

Olha, eu nem sei mais o que aquele idiota disse. Ouvi um "Santa Casa", desliguei o telefone, peguei o carro e fui. Até hoje não sei como não bati num poste ou atropelei um cachorro. Cheguei no hospital com as pernas tremendo feito gelatina e me arrastei até a recepcionista. Olhei pra santa no balcão e pedi, pelo amor de Deus, pra minha irmã estar bem.

– Eu sou irmã da Camila Moraes Martin.

As palavras que a recepcionista me disse soaram como ofensa. "UTI. Horário de visita às 16h". Olhei ao redor, tentei ver se o puto do Rafael tava ali pra me explicar alguma coisa, mas nada. Me deram um crachá, eu pendurei no meu pijama – ainda me lembro de olhar praquela estampa de patinha de cachorro e pensar na Camila. Sentei numa cadeira dura e esperei o que precisava até que me avisaram pra subir, quarto andar. Peguei o elevador e fui pra uma salinha cheia de mais cadeiras de plástico. O médico apareceu vinte minutos depois.

– Sua irmã caiu da escada e rolou por quase dois lances, mas está estável. Ela teve uma fratura nas vértebras L3 e L4 e traumatismo craniano. Chegou inconsciente, mas está medicada. Estamos fazendo os exames, o quadro dela exige cuidados. Vá para casa, descanse e volte no horário de visitas.

Era isso, descanse e volte mais tarde. Não mandei o doutor tomar naquele lugar porque sabia que ele não tinha culpa de nada. O culpado era o Rafael. Saí de lá cantando pneu, considerei ir até a casa do Lúcifer, mas, ao invés disso, voltei pra minha. Antes de tudo, tinha que cuidar da Mila. Tomei um banho, engoli um café amargo, avisei minha mãe do que tinha acontecido. Pra variar, vieram as merdas de sempre, "o Augusto mimou demais essa menina, agora o que é que eu faço, tu acha que a culpa é minha, é, Lílian? Agora vou me foder pra pagar o tratamento". Virei as costas, não era naquela manhã que eu ia discutir tudo o que tinha pra discutir com minha mãe. Enchi uma bolsa com as coisas da Mila, passei no mercado, comprei a bolacha que ela gostava, mesmo sabendo que ela não ia poder comer, e parei o carro na frente do hospital. Ainda faltavam umas seis horas pro horário de visita. Eu tinha que ir pro estágio, que é que eu tava fazendo?

Afundei a cara no volante e chorei tudo o que não tinha chorado até ali.

*

Os dias que vieram depois estão entre os piores da minha vida. Por 48 horas, a gente não teve certeza da gravidade das lesões da Mila. Da primeira vez que fui fazer a visita, ela tava tão inchada e roxa que fiquei na dúvida se ia poder falar com minha irmã de novo. Depois de um tempo, descobri que um dos amigos do Rafael tinha segurado a cabeça dela e aparado a queda. Provavelmente por isso o traumatismo não tinha sido mais grave. A fratura das vértebras não lesionou a medula, mas a Camila ia ter que usar um colete apertado por meses; saiu do hospital de cadeira de rodas porque ainda sentia tudo solto, ainda sentia muita dor. Eu brinquei com ela, "essa é sua carruagem e eu sou o cocheiro, vamo que vamo, Mila". Ela sorriu, mas não tinha um pingo de alegria naquele rosto.

O puto do Rafael desapareceu, e nós duas sabíamos muito bem o porquê.

Eu não bebi quase nada, Lila, juro pra você. Eu não sei o que me aconteceu. Tava todo mundo enchendo a cara, o Rafa me ofereceu vodca com energético milhões de vezes, mesmo sabendo que eu não gosto. Eu não gosto de bebedeira, cê sabe, e todo mundo tava doido. Só não fui embora porque era aniversário dele. De repente, ele me perguntou se eu queria subir, eu não entendi, até que alguma das meninas falou que a Meia-Noite tinha uma 'área privativa' no terceiro andar. Fiquei louca, Lila, ele trêbado daquele jeito, nem morta eu ia pra área privativa nenhuma. Falei pra ele, "vou embora", ele implorou pra eu ficar, pra eu tomar uma caipirinha de maracujá, a única coisa que eu gosto de beber. Disse que me amava. Lila, eu fiquei balançada. Fui muito idiota, tomei a maldita da caipirinha que ele foi buscar pra mim. Depois disso, só me lembro de sentir o pé escorregando no sapato enquanto eu subia as escadas da Meia-Noite. Mais nada. Apagou tudo, Lila. Como é que pode?

O médico falou que a batida na cabeça podia ter causado o esquecimento. Era possível, claro, mas não era a verdade. Insisti num toxicológico que nunca veio, briguei, era caso de exame de corpo de delito. A fofoca que chegou aos meus ouvidos é que minha irmã tinha ficado "louca de bebida e doce", por isso tinha se estrepado. O sapato de cristaizinhos se soltou do pé, ela se desequilibrou e caiu pela escadaria, uma merda de uma escadaria de vidro com *led* azul. Isso enquanto subia pro terceiro andar.

Aos poucos, a consciência chegou pra Mila. Rafael tinha dopado ela com a tal caipirinha. Se ela não tivesse caído da escada, teria caído na armadilha.

O príncipe não virou só sapo.

Virou algoz.

*

Eu sabia que a vida da Lila não ia voltar ao normal tão cedo, se é que ia voltar. Eu queria que ela fosse atrás de justiça, de provas, mas não tinha mais o que provar. Mesmo que ela tivesse feito o toxicológico, a gente sabia que certos tipos de droga não apareciam no exame. Depois de um tempo, Mila me disse que tava cansada. "Não quero fazer nada, Lila. Só quero esquecer".

Eu tinha medo daquele desejo dela e do que ela podia fazer pra "esquecer". A Ge, minha amiga da Psicologia, conseguiu um acompanhamento de graça na clínica da universidade. Só que ela precisava de fisioterapia, era caro, e a gente não sabia como pagar. Os remédios, o colete e as despesas com o hospital viraram dívidas, Mila foi ficando cada dia mais pra baixo. Pra não perder o período por falta, ela trancou a universidade. As coisas degringolaram lá em casa, e chegou o momento em que eu briguei com minha mãe pra ela deixar a Camila em paz. Paramos de nos falar. Parecia que nossas vidas não iam voltar ao normal nunca mais, se quer saber.

Mas a do Rafael voltou.

Lúcifer continuava saindo, vendo os amiguinhos, cursando Direito, pegando geral. Não apareceu mais em casa, mas teve coragem de mandar um ramalhete de flores vagabundo. Camila me disse que ele chegou a ligar pra ela, mas ela não atendeu, bloqueou. O que matava minha irmã é que ela *sabia*. Sabia, desde o início, que ele não prestava. A Mila não era tonta, eu sempre disse, o problema é que, às vezes, ela *queria* se enganar. O Rafael tinha sido isso, uma ilusão pra esquecer que ela era a órfã rejeitada. Só que aquele autoengano foi muito caro. Literalmente doloroso.

Eu tinha ódio do Rafael. Ódio. Queria fazer alguma coisa, mas me sentia de mãos atadas. Uma tarde de sexta-feira, depois de chegar do estágio, peguei Mila chorando no quarto, deitada com aquela merda daquele colete. "Tudo dói, Lílian. Eu não consigo dormir, sonho que tô caindo daquela escada. Ele tá com outras meninas, e se fizer a mesma coisa? Queria avisar, mas tá todo mundo me chamando de puta drogada, não acreditam em mim". Me enfiei no colchão e fiquei ali, fazendo carinho na cabeça dela até ela adormecer. Depois que vi que ela tava dormindo mesmo, fui pra faculdade, de ônibus – a gente tinha vendido o carro pra ajeitar as contas. Chegando lá, admiti que tava com zero cabeça pra Cálculo II. Me enfiei no banheiro, exausta, e chorei também, um bocado. Saí da cabine querendo lavar as mãos, o rosto e a alma. Como de costume, não tinha sabonete.

– Porcaria, viu – eu falei, olhando pra mim mesma no espelho. – Pra que é que eu vim pra essa merda...

Lavei o rosto só com água, pra ver se desinchava um pouco, e fui tateando o *dispenser* de papel. Vazio. Ergui a camiseta, sequei os olhos, que já tavam ardendo, e percebi que tinha alguém ali comigo.

– Oi, Lílian.

Tomei um puta susto. Eu andava sensível, verdade, mas juro que não tinha ouvido barulho nenhum, nem de passos, nem de descarga. Aquela mulher tinha *brotado* do nada. Usava um tailleur azul claro bem cinturado e um *fascinator* rosa-chá na cabeça (e *fascinator* é um nome que eu só sei por causa da Mila). Me perguntei o que ela tava fazendo ali, no banheiro do Centro de Estudos Sociais Aplicados, às nove e meia da noite, já que combinava mais com a realeza britânica do que com uma estudante de Administração.

– Oi – eu respondi, estranhando. – Desculpa, moça, mas eu te conheço?

Ela deu uma risadinha elegante. Corte Chanel sem um fio fora do lugar. Grisalha.

– Posso parafrasear um autor que você adorava? – ela perguntou. – "Sou o sonho de tua esperança, tua febre que nunca descansa, o delírio que te há de matar."

– Álvares de Azevedo. "Meu sonho". Professora Denise, é você?

Ela riu de novo.

– Não, mas sei que, nessa época, você era a gótica da sala 1P2 do Médio.

– Olha, moça, eu realmente não sei quem você é. Não tô me lembrando e não tô legal hoje, desculpa.

– Não precisa se desculpar, Lílian. Estou aqui para te ajudar. O que é que você mais deseja?

Não sei o que me deu naquela hora, mas eu me lembrei do puto do Rafael, do choro da Mila naquela tarde e da dona Valkíria destratando minha irmã por nada. Meu estômago doeu. Quanta merda.

– Olha, moça, do jeito que as coisas andam, eu queria era poder matar um. Dá licença, viu, e boa noite.

Comecei a caminhar pra sair do banheiro, mas lembrei que tinha deixado a mochila no chão e dei meia-volta. A mulher ficou me olhando, de pé, com aquela cara de Princesa de Gales.

– E se você *pudesse*?

Pronto, a mulher era doida. Eu devia ter saído, verdade, mas as palavras dela me pararam. A voz dela me parou.

– Você quer, Lílian? É isso que você deseja? Uma noite sozinha com o... príncipe?

Ela disse "príncipe" com um tom de sarcasmo na voz. Espera. Ela *sabia*.

– Quem é você, moça? – eu perguntei, tremendo da cabeça aos pés. Já tinha me convencido de que a doida era eu, e tava vendo coisas. A mulher sorriu, mas eu preferia que não tivesse feito isso.

– Fácil, Lílian. Acredite ou não... Eu sou sua fada-madrinha.

00H00. MEIA-NOITE.

Era uma espelunca aquele lugar. Não que fosse sujo ou feio, pelo contrário. Sabe aquele ditado "por fora, bela viola, por dentro, pão bolorento"? Essa era a Meia-Noite. Novinha em estrutura, decadente no espírito. Cheia de gente de olho injetado escapando pro banheiro pra cheirar, fumar e transar. Música eletrônica ininterrupta fritando os neurônios, fedor de bebida, narguilé e suor. Rafael tinha arrastado minha irmã praquele antro pra drogar e violar ela. Subi prum canto mais escondido, sentindo o ódio aumentar, e sentei num sofá de couro, mais branco do que qualquer lençol onde eu já tivesse dormido. Olhei pra baixo, respirando fundo, e encarei meus sapatos.

Meus pés nunca caberiam naquilo de verdade, só se eu tivesse coragem de decepar uns dois dedos e metade do meu calcanhar. *Scarpins*, claro. Pretos, brilhantes, um solado vermelho que esbanjava qualquer coisa que eu não tinha. O vestido de um corte impecável, carmim, com fenda. *Uma Linda Mulher*. Como a Meia-Noite era toda espelhada, pra onde eu olhava via minha imagem: a de uma pessoa quase irreal, corpo de ampulheta, lábios carnudos, cabelos de rubi e olhos de esmeralda. Eu era a pura fantasia de 99% daquela pista de dança, uma princesa encarnada, uma Lilith apócrifa.

Só que eu não existia. Era uma ilusão, que ia acabar às 3h30 da manhã. "Os tempos mudaram, as coisas já não terminam à meia-noite. Elas *começam*".

Ninguém chegou em mim, embora todo mundo me olhasse. "Se você quiser alguém, terá que sorrir, esse é seu consentimento. Sorria para seu príncipe, dance com ele, e então vai poder fazer o que bem desejar. Seus olhos são seus entorpecentes, Lílian". Olhei pra escada, sem conseguir tirar da minha cabeça que minha irmã tinha rolado naqueles degraus havia menos de quatro meses. Umas três meninas vinham subindo, duvidei que elas tivessem dezoito anos. Uma cambaleava, *drink* na mão, rindo. Dois segundos depois, logo atrás, Lúcifer. Rafael tinha vestido uma camisa branca, colarinho aberto, e falava com as garotas. Assim que virou o focinho pra mim, não parou mais. Sustentei os olhares, decidindo o que fazer, observando como ele colocava as mãos nos ombros das meninas, três presas caindo na malha do predador.

Sorri.

2H50. EDIFÍCIO "CHÂTEAU ROYAL".

O elevador tinha parado. Respirei fundo, mas ainda tinha tempo. Se aparecesse na filmagem de alguma câmera, não seria eu, não seria ninguém. Ainda assim, quando um dos meus sapatos escapou e ficou no degrau das escadas de emergência, voltei e peguei. Não ia deixar nada pra trás, nada que levasse alguém até nossa casa, procurando pela dona do *scarpin* perdido. Nem eu nem Camila éramos proprietárias de um par daqueles, mas precaução nunca é demais. Me lembrei de novo das palavras da fada enquanto ligava a ignição do carro, digno de garagem de condomínio de luxo. Minha carruagem por algumas horas de delírio.

'Seus olhos serão seus entorpecentes, Lílian. Seus olhos e sua pele. Se ele beber qualquer coisa tocada por você, fará o que você mandar. Se ele olhar nos seus olhos, dirá o que você pedir. Ele será seu, literalmente seu, até... vejamos... 3h30. Os tempos mudaram, as coisas já não terminam à meia-noite. Elas *começam*".

Eu ainda não acreditava que tinha dado certo. Não acreditava no que tinha feito, no total absurdo daquela noite. Ainda hoje, não acredito. Ainda hoje, não sinto remorso. Eu não sei o que isso faz de mim, mas, se o Rafael também não tinha remorso – e não tinha, pelas risadas que ele deu quando pedi que contasse tudo sobre a Mila –, considero que estamos quites.

Passei o resto da noite fora de casa, rodando pela cidade, caminhando pelas ruas vazias. Eu não tive medo de nada, tava anestesiada. Depois que a *femme fatale* se foi, voltei a ser meio invisível, e que bênção ser invisível naquela madrugada. Depois de o sol nascer, me lembro de estar chegando em casa, a pé, com um pacote de pão debaixo do braço. O carro de luxo tinha sumido às 3h30, como a fada (ou demônia, ou anjo, sei lá) tinha me prometido. Mas tinha outro estacionado em frente à nossa casa. Gelei. Antes que eu entrasse, vi um homem de terno saindo pela porta, óculos escuros, bem abatido. Eu sabia que era o pai do Rafael. Tinha visto uma foto dele na noite passada, na sala do apartamento do *Château Royal*, presente do pai advogado pro filhão. O velho olhou pra mim por um milésimo de segundo enquanto abria a porta do carro, mas nem se ligou.

Que bênção ser invisível naquela manhã.

Entrei em casa e topei com a Mila pálida, chorando. Minha mãe andava em círculos, o gato atrás dela pedindo comida.

– Para de chorar, Camila! – ela gritou. – Pelo menos, agora, a gente vai ter como pagar seu tratamento. Vamos ter carro de novo. É o mínimo, depois do que você aprontou. Vê lá se esse povo se mistura com classe média de Jardim Liliane. Só mulher trouxa como você pra cair no truque da bebida batizada. *Trouxa.*

– Cala a boca, Valkíria – eu disse.

Ela mandou eu ir pro inferno – mal sabia que tinha acabado de voltar de lá – e foi fazer café, resmungando. Larguei o pacote de pão no nosso sofá arranhado e me ajoelhei para falar com a Mila.

– Que aconteceu, Miloca? – perguntei, embora já soubesse.

Ela respirou fundo, tremendo da cabeça aos pés.

– O Rafael. Mandou um áudio pra tudo quanto é grupo ontem à noite. Da faculdade, do futebol, da igreja... Me repassaram, eu só abri hoje de manhã. Tava confessando... Disse que se arrependia. Que queria que todo mundo soubesse que eu não era puta drogada coisa nenhuma, que foi ele que botou coisa na minha bebida, que fez isso com outras meninas. E, Mila... Depois disso, ele se jogou da sacada.

Abracei ela. Chorava compulsivamente.

– Eu não desejava isso, Lila, pelo amor de Deus, acredita em mim.

– É claro que acredito, Mila. Não é culpa sua.

E não era *mesmo.* Se havia alguma "culpa", era minha. Me lembrei da cara do Rafael quando eu ordenei: "pula". Vi a boca dele tremendo, tentando dizer não, vi as mãos se agarrando no guarda-corpo, os olhos implorando, "o que é que tá acontecendo, pelo amor de Deus, para, para, para!". E tudo o que eu queria era ver ele estatelado lá embaixo, esmigalhado, morto. Assisti à queda com um sorriso nos lábios.

– O pai dele apareceu aqui hoje mesmo, cê viu – Mila continuou. – Por causa do áudio. Tava arrasado. Não quer mais escândalo, disse que sente muito, pediu perdão. Disse que vai pagar tudo que a gente gastou e mais um pouco, só não quer que essa história se espalhe mais do que já se espalhou, em respeito à memória do filho.

– Velho canalha. Tá querendo conter dano.

– Lila, eu neguei, mas a mãe...

– Eu imagino, Mila. A mãe aceitou. Mas olha, essa história acabou. Acabou. Nunca mais ninguém vai passar por nada na mão do Rafael. Nunca mais.

Eu ainda me lembro do jeito da Camila quando me olhou. Um pouco de medo, um pouco de desconfiança. Ela me abraçou forte e chorou até molhar meu ombro inteiro. "Te amo, Lila." "Eu também, Mila, a gente vai ficar bem".

– Você tá com o perfume do Rafael.

Fiz que sim com a cabeça.

Já faz quatro anos, e nunca mais falamos sobre aquela noite. Mila nunca me perguntou, e sei que não vai perguntar. Dona Valkíria afanou parte do dinheiro que o pai do Rafael nos deu e sumiu no mundo com o gato e um namorado que eu apelidei de Faraó – certeza absoluta que vivia de esquema de pirâmide. Eu ainda me lembro de tudo como se fosse hoje. Mas – ainda bem – não é. A Mila até voltou a sorrir e, se a sorte quiser, viveremos felizes. Não pra sempre, mas pelo menos por enquanto, do jeito que for possível, até que a vida venha me cobrar seu preço pela noite no *Château Royal.*

Porque, depois de tudo, eu não acredito mais em contos de fadas.

Diego Guerra
Formado em Produção Editorial pela Anhembi Morumbi e em roteiro pela Academia Internacional de Cinema. Trabalha como designer e é fã de literatura fantástica e romances históricos. Passou a infância correndo pelas árvores com amigos imaginários, defendendo a terra de invasões alienígenas e portais que se abriam para o inferno. Teve duas opções: tomar remédio tarja preta ou se tornar escritor. Depois de anos escrevendo para não enlouquecer, resolveu publicar para enlouquecer os outros. Publicou *O Teatro da Ira* (2015), *O Gigante da Guerra* (2016) e *A Lenda do Mastim Demônio* (2019).
site chamasdoimperio.com.br
Facebook.com/ChamaDoImperio
twitter @ChamasDoImperio.

*

Segundo o pesquisador Jack Zipes, a história de *João e Maria* tem raízes medievais. De fato, contos com motivos semelhantes (crianças abandonadas na floresta; crianças levando a melhor sobre ogros e bruxas) são encontrados em publicações anteriores aos *Contos da Infância e do Lar* dos Irmãos Grimm (1812 - 1815), mas foi através deles, e a partir de então, que a história se tornou mais conhecida. Ao analisá-la, historiadores apontam elementos que remetem a práticas de abandono de crianças em tempos de escassez, enquanto o linguista Edward Vajda sugere tratar-se de ecos de um rito de iniciação em que os jovens deviam sobreviver a um período sozinhos na floresta.

A CASA É A FOME DO MUNDO

Diego Guerra

A voz dos soldados era embargada por risos e álcool. Marin sabia as coisas terríveis que fariam se os encontrassem ali. As coisas nojentas que lhe fariam. Tinham roubado duas pistolas carregadas e, se uma bala não fosse capaz de salvá-los, pelo menos garantiria que a outra fosse sua passagem para fora daquele mundo.

Isso não impediu Marin e seu irmão de se encolherem sob os gritos dos animais que estavam à sua espreita.

– *Boys*! – A voz do sargento inglês seria reconhecida em qualquer lugar. A mesma voz que gritava as ordens no acampamento montado ao lado da casa da fazenda. – Venham. Vamos voltar, nós sabemos que *ser* um acidente.

Marin mantinha o olhar atento às luzes que dançavam pelas árvores à sua procura, enquanto seu irmão mais novo, João, fechava os olhos tentando ficar invisível.

Foi o pai dos dois que os incentivou a falar com os soldados acampados na fazenda, para que aprendessem um pouco do inglês.

– Estes homens estão aqui para nos libertar – o pai dizia em seu leito, sabendo que não lhe restava muito tempo. – Eles irão tomar conta de vocês, quando chegar a hora.

Dom Francisco não podia estar mais errado. Os ingleses estavam ali para enfrentar Napoleão, mas não estavam interessados na liberdade de ninguém, tampouco em cuidar de dois órfãos. Quando a companhia voltou a marchar, Marin aprendeu a carregar carabinas, enquanto João levava baldes de água para que os soldados molhassem as goelas secas pela pólvora. Mantinham-se úteis para ter comida e alguma proteção.

– *Hey, boys*! – O sargento chamou novamente.

– Vamos embora! Vamos antes que eles nos vejam! – João implorava, mas não podiam se mover com os soldados tão perto.

Precisavam manter a calma. Marin segurou a pistola e puxou seu cão, torcendo pela chance de levar pelo menos um daqueles desgraçados consigo. Sabia o que o padre da sua paróquia diria sobre aquilo, mas em tempos de guerra os padres quase sempre estavam protegidos. Dava azar matar um padre, ninguém se importava com duas crianças.

– Quando ouvir o tiro, corre! – O ódio em sua voz soava como um rastilho de pólvora, bastando uma chispa para explodir.

Sabia que João estava apavorado, mas a mata era escura e eles eram pequenos. Estavam longe de casa. Não conheciam aquela floresta. Se encontrassem um lugar, uma toca de lebre que fosse, para se esconder e passar a noite, talvez tivessem uma chance. Era um risco. A voz dos soldados se aproximava, enquanto o coração das crianças acelerava.

– Venham aqui, seus *bastards* de merda! – o sargento gritou.

– Fugir. É só o que os portugueses fazem. Fugir e deixar o problema para os outros. Esquece, sargento. Esses dois já devem estar nadando atrás de Dom João.

A mão de Marin estremeceu. João segurou seu braço, implorando para que não fizesse nada estúpido. O ódio falava alto, mas Marin precisava pensar em seu irmão e destravou o cão, devolvendo-o ao seu lugar de descanso. A arma estalou.

– Ouviram isso? – o sargento perguntou em inglês. – São eles! Preparem-se para atirar!

O medo lhes veio à boca. Não sabiam se os ingleses estavam blefando ou se realmente achavam que, depois de meses entre os soldados, não entendiam sua língua. Não importava. Tinham sido descobertos.

Marin ouviu o barulho característico das carabinas sendo engatilhadas, mas, antes que o sargento desse a ordem, agiu mais rápido. Colocou-se de pé, como uma assombração no meio das árvores, e disparou contra o inglês.

Era impossível saber se tinha acertado. Uma nuvem fedorenta de fumaça preencheu o mundo à sua volta e outras armas dispararam em seguida, tornando tudo confuso. Pegando João pelo braço, correram sem nada exceto a noite para protegê-los das balas. Os galhos baixos batiam contra seu rosto, como a varinha do padre quando os pegava fazendo algo errado. As vozes dos soldados pareciam apavoradas, os tiros ficavam mais e mais esparsos. A raiva e o pânico os tinham dominado. Precisavam levar o sargento até o cirurgião ou seria tarde demais. Era o segundo inglês que Marin havia matado aquela noite.

Quando o sangue voltou a esfriar, João e Marin se sentaram ao pé de uma árvore para tomar ar. O corpo inteiro tremia. De frio e pavor. Tinham escapado por pouco, sem mantimentos ou uma blusa decente. Marin só tinha conseguido as duas pistolas porque o desgraçado do tenente estava distraído com os próprios botões. Tinham apenas uma bala. A arma vazia foi jogada o mais longe que seu braço conseguiu.

– O que vamos fazer agora, Marin?

– Você pode parar de me chamar de Marin, agora. Não tem ninguém por perto, João.

– Prefiro continuar, tudo bem? – João perguntou envergonhado. Tinham se metido naquela confusão num momento de distração do caçula, que chamou Marin pelo verdadeiro nome. Um instante de descuido e estavam na floresta lutando pela vida. – Estou faminto.

– Você sempre está – Marin debochou, mas a verdade é que agora que tinham parado também se dava conta da fome.

No exército inglês tinham comida, mas era tão pouca que estavam sempre famintos. Tudo o que os desgraçados roubavam das fazendas portuguesas ia para a mesa dos oficiais primeiro, a dos soldados depois e, se sobrasse alguma coisa, para as prostitutas e crianças que seguiam o exército como uma tropa de não combatentes. Lá no fim, depois dos órfãos, só vinham os porcos.

– Eu comeria até aquela torta de rim horrível – João provocou.

– Eu comeria um balde cheio de biscoitos salgados. – Marin entrou na brincadeira.

– Eu comeria salsicha de cavalo.

– Eca. – Marin fez cara de nojo, mas sentiu a boca se enchendo de água ao pensar em mastigar a carne fibrosa. Nada era desperdiçado no exército, nem a carcaça dos animais mortos. – Que saudade de quindim e bolo de limão.

– Pastel de nata! Ovos moles e queijada! – João se empolgou.

– Você lembra do gosto do pastel de nata? Quentinho, saindo do forno? Dá pra sentir até o cheiro.

– Quieto, João. Estou ficando com mais fome.

– Não, é sério! Estou sentindo cheiro de pastel de nata.

– Você está imaginando por causa da fome. – Marin se irritou. Esfregou os braços tentando se aquecer e pensou no bem que lhe faria uma tacinha de vinho do Porto.

João colocou-se de pé, farejando o ar. Marin sabia que logo o irmão se cansaria daquela sandice e procurou uma posição confortável onde pudessem dormir. João continuava insistindo que sentia o cheiro de pastel de nata, quindim, queijada, alheira, sardinha e caldo verde. Descrevia tudo com tantos detalhes que Marin quase podia sentir o mesmo.

– Você ouviu isso? – João perguntou de repente.

– Está ouvindo o barulho de comida, também? – Marin provocou.

Então ambos ouviram, alto e claro. Não o barulho de pratos sendo servidos, ou da casca dos mariscos se partindo na mesa, mas o uivo de um lobo, perto demais para que se sentissem seguros.

O pavor os fez esquecer do cansaço e do frio. Marin se pôs de pé, segurou seu irmão com uma das mãos e com a outra a pistola que lhes restava. Tentavam não fazer barulho, mas aquilo era impossível na escuridão. Tropeçavam pelo caminho, tateando para evitar dar de cara com o tronco das árvores.

– E se existirem fantasmas nesse lugar? – João perguntou assustado. – Ou trasgos?

Marin não respondeu. Já lhe bastava o medo dos soldados e dos lobos, não precisava pensar também em todas as criaturas da floresta que os estariam vigiando entre as árvores. Às vezes paravam um pouco e a noite se tornava estranhamente silenciosa sem o esmagar das folhas secas no chão da floresta. Então ouviam novamente o uivo e João disparava a correr, arrastando Marin, certo de que o nariz lhe indicava a direção correta. Quando chegaram ao fim da linha das árvores, viram a lua brilhando sobre uma casa de fazenda. Respiraram, como se tivessem acabado de escapar do mar. Agradecendo a Deus pelo fim do seu pesadelo. As pernas tremendo naqueles últimos passos.

*

A casa tinha uma aparência torta. Não torta como uma estrutura frouxa, que pela ação do tempo ameaça cair. Torta como a árvore que resistiu ao vento, a pedra esculpida pelo rio ou o coral que cresce para destroçar o casco do navio. Na fraca luz do luar, sua cor era quase púrpura, com janelas de cor alaranjada, como o talo dos cogumelos da floresta e telhas escuras, que João chamou de cor de chocolate, mas que para Marin se parecia mais com sangue coagulado.

– Disse que o cheiro estava ficando mais forte! – João comemorou.

Marin testou o ar novamente, mas ainda não sentia nada, exceto a brisa gelada que os empurrava das árvores. Seu nariz parecia ligeiramente entupido, e não teve outra alternativa a não ser concordar com o irmão, que a essa altura elogiava o cheiro de uma torta de frango.

– Eles não vão nos negar um pedaço, não é, Marin?

Eram tempos difíceis. A guerra devorava tudo ao redor, começando pela generosidade das pessoas, mas era melhor crer que conseguiriam algumas migalhas da mesa. Quem sabe a permissão de dormir diante do forno.

– É melhor você me deixar falar – Marin sugeriu.

Alinharam as roupas imundas da melhor forma possível e pararam de frente para a porta, onde dois pés de galinhas secos balançavam, pouco receptivos. Quando Marin levantou o punho para bater, a porta se abriu, ansiosa, soprando uma lufada de calor no seu rosto que os fez perceber o quão frio estava ali fora.

A primeira coisa que viram foi o sorriso. Dentes compridos, como as unhas de um dedo, brancos e com manchas vermelhas entre si. Depois encontrou um rosto ansioso, com olhos enrugados e baços, que saltavam de Marin para João e de volta, sem saber a qual dar atenção. Por fim viram a figura toda, uma senhora que apesar da idade não era nada corcunda, com um vestido antiquado e negro, um avental sujo amarrado à cintura e um guardanapo manchado entre os dedos compridos e ossudos.

– Quem são vocês? – a velha perguntou, com uma voz embargada como se tivesse acabado de acordar. – Que dia é hoje?

– Acho que quinta-feira, senhora. Dia 22.

A cabeça da velha se inclinou para o lado, em um gesto semelhante ao dos pássaros, como se tentasse ouvir melhor o que Marin dizia.

– Pedro ainda é imperador?

Marin se virou para João com uma expressão confusa. O filho de Dom João se chamava Pedro, mas ele ainda era uma criança.

– Dom João é o regente, senhora. Ou era... não sei. – Aquelas palavras saíram mais tristes do que Marin esperava.

Tinha se irritado com os ingleses quando disseram que o príncipe havia fugido para o Brasil, mas eles não estavam errados. O país tinha ficado à própria sorte, lutando contra os franceses com soldados mal treinados e camponeses valentes. Os ingleses prometeram ajuda, mas pareciam mais interessados nas mercadorias que chegavam aos portos do que em empurrar os franceses de volta para a Espanha.

– Dom João... – A velha experimentou as palavras, como se fosse a primeira vez que tocassem seus lábios. Então sorriu novamente. – Perdoem a curiosidade de uma velha. As notícias são raras nesse lugar. Por favor, entrem, entrem! Está frio ai fora.

Antes que Marin pudesse agradecer, João já tinha pulado para dentro esfregando os braços e batendo os pés, sem nenhum constrangimento. Marin o seguiu, com o olhar desconfiado de quem já tinha visto muito na vida para estranhar até as menores gentilezas.

Por dentro a casa era tão estranha quanto por fora, com espaços arredondados e colunas fora de lugar, era decorada em cores quentes e vibrantes, tapetes grossos como uma língua e vasos e pratos brancos como marfim. A chama de uma lareira projetava a luz nas paredes, e a imagem de uma mesa redonda e farta esperava sem ninguém por perto.

O nariz de João estava certo. Sobre a mesa estavam todas as comidas que o haviam provocado, e sua aparência era ainda melhor do que em suas descrições. Marin precisou segurar o irmão para não saltar sobre o que via. O garoto mais novo chegou a lutar para se livrar das mãos apertadas, mas Marin tinha mais força e sorriu ao se desculpar.

– Perdoe-nos, senhora. Não sabíamos que tinha visitas.

– Quem, eu? Oh não, não. A esta hora, não virá mais ninguém. Por favor, sirvam-se. Seria uma pena desperdiçar essa comida toda.

João lutou pela sua liberdade e avançou sobre os pastéis de nata como um cão sobre sua caça. Antes que pudesse dizer alguma coisa, o menino já tinha enfiado dois ou três deles dentro da própria boca. Marin sentiu vergonha pelos modos, mas a velha apenas o observava com grande satisfação, enquanto o garoto intercalava mordidas em uma coxa de frango com uma colherada de caldo verde.

– João! – Marin chamou sua atenção.

– Desculpe! Não vejo tanta comida desde que a guerra começou. – João parecia feliz, e Marin se lembrou com saudade dos jantares elegantes que seu pai dava aos outros fazendeiros depois da colheita das uvas.

– Vamos, sirva-se. – A velha incentivou Marin a se sentar. – Fale-me sobre a guerra enquanto come.

Marin obedeceu enquanto a velha lhes servia um copo de refresco. João cheirou o suco com uma expressão desconfiada, experimentou-o apenas com uma bicada e então o entornou, até que lhe escorresse pelo canto dos lábios.

– Posso tomar um pouco mais? – pediu.

– O quanto você quiser, João. – A velha sorriu, os dentes polidos refletindo a luz da lareira, como a prataria. – É o seu nome, não é?

– É sim. E min... meu irmão se chama Marin.

– É um belo nome. Nomes são importantes, você sabe. Dá para saber muito sobre as coisas se você souber o nome delas.

A velha assistia ao apetite de João com tanta satisfação que saliva se acumulava no canto dos seus lábios. A fome do seu irmão parecia crescer junto com ele ao longo dos últimos meses. Por várias vezes Marin deixava de comer, para alimentar o caçula. Agora havia comida o suficiente para os dois e metade das crianças do acampamento, mas seu estômago se rebelava.

– E como a senhora se chama? – Marin mantinha as mãos sobre o colo, as costas eretas e rígidas, elegante e desconfortável.

A velha virou a cabeça em sua direção da mesma forma que antes, apontando-lhe uma das orelhas, o olhar cinzento e desconfiado através das rugas do rosto. O nariz recurvo completando o aspecto de pássaro.

– Eu? Eu não tenho nenhuma importância. Sou só uma velha governanta. Mas por que você não está comendo? É melhor se apressar, antes que seu irmão acabe com tudo.

– Marin, experimenta esse manjar!

A colher que João empurrou na sua direção estremecia com uma pasta viscosa e desagradável, fazendo Marin se afastar, inconscientemente, como se no lugar do manjar seu irmão lhe empurrasse uma colher cheia de vermes.

– Obrigada, mas eu não estou me sentindo bem.

No mar existe um instante em que o vento para de soprar e as ondas desaparecem. Tudo parece calmo, as aves voam baixo e um mormaço confortável gruda na pele dos marinheiros, que se preparam sabendo sobre a tempestade iminente. O silêncio que seguiu às palavras de Marin era como aquele momento no mar. O sorriso da velha não desapareceu, nem diminuiu ou se torceu, mas mesmo assim os dentes brancos tinham se tornado outra coisa enquanto suas narinas se dilatavam.

– Sinto cheiro de sangue em você, menina.

– Eu... – Marin tentou disfarçar, mas o olhar da velha dizia que era inútil. – Desculpe, eu...

– Você mentiu para mim! – A velha começou a se levantar, inflando dentro do seu antiquado vestido negro.

– Por favor, ela não fez por mal! – João tentou defender Marin da onda de fúria que se avolumava à sua frente.

– Saia desta casa agora! – a velha rosnou, agarrando Marin pelo braço. – Aqui não é o seu lugar!

Marin não queria desobedecer, mas os dedos da velha machucavam seu braço, enquanto João ficava para trás. Lutava para se libertar. Seu irmão saltou do seu lugar e agarrou sua mão, puxando-a para impedir a velha de arrastá-la. Entre um e outro, Marin gritava de dor.

– Por favor, senhora! A estrada não é segura para meninas. Alguém poderia se aproveitar dela. Por favor, senhora!

– A estrada não é segura? – A velha debochou. – Só estamos seguros nesse mundo quando não contamos com mais ninguém.

– Por favor! – Marin implorou. – Os soldados estão nos procurando.

Do lado de fora os lobos uivaram ansiosos, lembrando-os de que, além dos ingleses, outros perigos os esperavam na floresta.

A velha segurava a maçaneta, incapaz de girá-la. João e sua irmã aguardavam com o coração em suspenso.

– Por favor, senhora. Não temos ninguém – Marin sussurrou, tentando esconder do seu irmão o quanto sentia medo.

– Garota idiota. – A voz da velha era cheia de pena. – Jovem e idiota.

Seus dedos se afrouxaram, deixando uma marca vermelha no pulso de Marin. As crianças respiravam rápido, tentando arejar os pensamentos e acalmar o coração. Não havia mais ódio no olhar baço da senhora. Apenas uma cansada resignação.

– Se é isso o que você quer... Que seja. – A velha seguiu escada acima.

– Talvez devêssemos mesmo ir – João falou em voz alta, confrontando-se com o próprio pensamento. – Tem algo de errado.

Sua irmã o convenceu de que, lá fora, o que os aguardava eram os lobos e os cães ingleses, e que ali tinham comida e abrigo por aquela noite. Seguiriam viagem no dia seguinte, encontrariam a estrada e chegariam a alguma vila onde pediriam ajuda aos seus conterrâneos. No fundo duvidava que fosse tão fácil, mas queria acalmá-lo. Seguiram a velha para o andar de cima.

*

A escada subia em uma estranha espiral que terminava num corredor curvo. A velha os aguardava diante de uma porta aberta. Marin e João se aproximaram para olhar, esperando encontrar alguma espécie de calabouço ou quarto de tortura; uma caverna esculpida pelas ondas. Porém, ao contrário do resto da casa, o quarto era bastante ordinário. Quatro paredes e um teto inclinado para seguir o caimento do telhado.

Do batente da porta, Marin viu a velha entrar com um antigo lampião a óleo, iluminando paredes que descascavam e móveis que se cobriam de poeira. No fundo estava a cama com um colchão de palha deformado por baixo de cobertas de aparência barata.

– Vocês devem ficar aqui essa noite. Não saiam deste quarto. Se têm algum amor à vida, tranquem a porta e durmam até amanhã.

– Senhora, eu poderia descer e pegar um copo de água? Um pedaço de pão talvez. – João tocou a barriga intumescida, como se não tivesse acabado de se empanturrar.

– Deixe-me ver o seu dedinho – a velha pediu ao menino, que estendeu o dedo à sua frente para ser apalpado. – Acho que já tem bastante carne nesses ossos...

– Mas...

– Não – falou a mulher, lentamente. – Quero vocês fora desta casa bem cedo.

Marin sabia que eram só algumas horas, mas quando a velha fechou a porta teve a sensação de que estavam condenados. Ouviu o clique do ferrolho que os trancava ali dentro e encostou o ouvido na madeira para ouvir os passos da senhora se afastando.

– Sim, estou com fome, mas o que quer que eu faça com a garota? – A voz da velha sumia e Marin ficou sem saber com quem conversava.

Quando já não ouvia mais nada, tentou a maçaneta apenas para constatar o óbvio. Estavam trancados ali.

– Não se preocupe. – A irmã mais velha sorriu para João. – Ela só está com medo de ser roubada enquanto dorme.

Podia ser verdade, mas algo dizia a Marin que não. João estava sentado na beira da cama, com a mão agarrada ao estômago, mais triste do que assustado.

– Eu ainda estou com fome – confessou, constrangido.

– Ainda? Depois de comer tudo aquilo? – Parecia um exagero, mesmo para João. – Seu cinto parece pronto a arrebentar.

– É porque você não experimentou. Era a comida mais deliciosa do mundo. Eu podia continuar comendo pra sempre. Comeria até explodir de verdade. – João se jogou de costas no colchão ao dizer aquilo.

Marin se sentou ao seu lado e acariciou os cabelos embaraçados do menino. Descalçou os sapatos gastos e se encolheu junto ao irmão, ouvindo sua respiração. O cansaço finalmente vencia aquela guerra e seus olhos pareciam pesados.

– Por que você não comeu? Você não estava com fome?

A pergunta de João já soava longe, muito além de onde as respostas poderiam alcançá-la. Marin mergulhava em um sono exausto, pontuado pelo barulho das carabinas e canhões, onde sua preocupação era encher o cano das armas com pólvora, bucha, bala, bucha e devolvê-la meio minuto depois, para recomeçar com outra carabina ainda quente. Balas voavam sobre sua cabeça, soldados gritavam quando eram atingidos ou a xingavam pela demora. O tempo todo ela procurava João com os olhos e o via se arriscar para carregar os pesados baldes cheios de água barrenta e sangue enquanto balas de canhão arrancavam pedaços de terra e carne com a mesma eficiência.

Ali perto, um grupo de oficiais estava sentado a uma mesa posta, brindando em uma distância segura dos canhões. Marin via todo o sangue e vísceras ao seu redor e imaginava a carne assada sobre a mesa, as facas rasgando, espetando, mastigando. O vinho do Porto escorrendo pelas barbas inglesas, vermelho e grosso como sangue. Os sorrisos altos e largos como lápides muito brancas, com manchas vermelhas entre si.

Acordou com vontade de vomitar, sem tempo de encontrar o penico embaixo da cama. Não havia muito em seu estômago, exceto um bile amargo e amarelado. Quando a ânsia foi embora, Marin olhou ao redor e descobriu que o quarto estava vazio. Não viu João. A porta do quarto estava entreaberta. Seu coração se apertou, cheio de medo. A velha tinha sido clara. Saltando da cama e calçando os sapatos, Marin se apressou. Testando cada passo, se perdeu nos corredores curvos daquela estranha casa, ouvindo a madeira se expandir e encolher, com estalos como os de um navio durante a tempestade. Encontrou as escadas em espiral e desceu na direção das vozes que começava a ouvir. Não entendia as palavras, mas uma das vozes era de João.

Fazendo todo o silêncio possível, ela se aproximou da sala de jantar. A mesa continuava posta, mas os pratos estavam todos remexidos. João avançava sobre cada alimento, dando mordidas desatentas que logo eram deixadas de lado em troca de outra guloseima. Seu rosto e suas roupas estavam emporcalhados de açúcar, molho e gordura, mas ele não parava de mastigar em nenhum instante. Ao seu lado a velha aguardava ansiosa, uma expressão faminta nos olhos. Um fio pegajoso de baba amarela escorria pelo seu queixo, mas não tocava em nada, atenta ao garoto e seu apetite doentio.

Marin entrou na sala pedindo desculpas.

– Sinto muito. Ele saiu enquanto eu estava dormindo.

– Volte para o quarto, menina. Nos deixe sozinhos. – A velha acenou-lhe com os dedos ossudos, sem tirar os olhos de seu irmão.

– João. Vamos dormir, João. Está tarde. – A voz de Marin era baixa e chorosa. Cheia de pavor.

João olhou para ela com um misto de medo e estranhamento. Parecia cansado, mas não parava de empurrar pedaços de carne, pão ou legumes na boca, o que o impedia de pedir ajuda. Marin levou a mão às costas e segurou o cabo de sua pistola.

– João! Vem aqui, por favor. Eu estou te pedindo. – Havia algo de errado em tudo aquilo, e o medo encheu seus olhos de lágrimas.

– Eu disse para voltar para o quarto! – a velha gritou, erguendo-se com os braços abertos.

Por um instante a velha se tornou tão grande que parecia ocupar toda a sala. O vestido negro, esvoaçando como as asas de um pássaro. Os olhos antes cinzentos agora tão negros quanto um poço à meia noite. A garota apontou a arma na sua direção, por puro instinto, sabendo que só tinha uma chance, uma bala.

– Você acha que me assusta com isso? Eu que enfrentei reis e devorei czares? Você não sabe o que está fazendo. Eu te dei uma chance, tentei te avisar. Atire! Já não me importa mais. Que outra pessoa alimente a fome do inferno. Atire!

A garota estava pronta a atirar quando a porta da casa bateu, se abrindo como se tivesse sido arrombada por uma ventania. Do lado de fora a noite os esperava. Foi o suficiente para a velha recuar, tão confusa quanto as crianças.

– Então você se importa? – ela perguntou para o teto.

– Eu quero ir embora! – João implorou, como se estivesse despertando de um sonho ruim.

– Vem, João. Vamos! – a irmã mais velha chamou, com a arma ainda apontada para a senhora.

João se apressou, Marin segurou sua mão e vacilou na direção da saída. A velha sorria e girava dentro do salão, falando com vozes que só ela podia ouvir, completamente enlouquecida.

Os dois irmãos correram, resolvidos a não pisar naquele lugar nunca mais em suas vidas. Marin parou diante das árvores da floresta, sabendo o que os esperava, mas então se virou para trás. A silhueta da velha aguardava diante da porta. Um brilho avermelhado e sangrento preenchia as janelas da casa torta. Foi o suficiente para voltar a correr.

*

A floresta era ainda mais sombria do que antes, como se cada galho e cada pedra tentasse impedi-los de ir embora. A noite parecia não ter fim, mas eles enfrentaram a floresta a cada passo, motivados pelo horror que haviam deixado para trás. Quando a exaustão cobrou seu preço, Marin tropeçou e não conseguiu se levantar. João tentou ajudá-la, mas também não tinha forças. Exausto, ajoelhou-se e vomitou algo escuro e malcheiroso. O vômito se repetiu em ondas azedas que se misturavam com suas lágrimas. Por fim se entregou também ao cansaço e ao choro. Ficaram assim, deitados no chão da floresta ao lado da poça de vômito, sem fazer nada, exceto chorar. Então se abraçaram.

– Eu achei que iria explodir de tanto comer – João disse, se lembrando da forma como engolia cada bocado de comida, lenta e constantemente.

– E por que você não parou? – perguntou a irmã.

– Quanto mais comia, mais fome sentia. Você entenderia se tivesse experimentado.

– É estranho, mas agora sinto fome. Tudo dentro daquela casa me dava enjoo, mas aqui fora meu estômago voltou à vida.

– Tome. – João empurrou para Marin um pão redondo. – Eu não quero ver comida na minha frente por duas semanas.

A menina não pegou o pão. Não queria ter absolutamente nada com qualquer coisa que viesse daquele inferno, exceto, talvez, uma coberta. O chão frio da floresta poderia matá-los se ficassem ali. Levantou-se e puxou João para colocá-lo de pé.

– Precisamos de ajuda – Marin disse.

Estavam em péssimo estado e ansiosos por qualquer luz. Até as explosões dos morteiros ou a fagulha das carabinas lhes trariam algum consolo. Algo que os lembrasse que ainda estavam vivos, pois a floresta a cada instante se parecia mais com a morte.

– Você ouviu isso? – João perguntou.

Um grupo de sombras saiu de trás das árvores. Os olhos brilhando na noite, como animais selvagens.

Marin empurrou o irmão para trás de si e sacou novamente a pistola. Um vento soprou as pesadas nuvens para longe, deixando o luar revelar o rosto dos soldados ingleses sorrindo, com dentes afiados à mostra.

As crianças reconheceram os rostos. Eram os mesmos que haviam arrastado Marin para a mata, os mesmos que os tinham feito lutar e depois fugir.

– Para trás! – Marin os ameaçava com a arma, mas eles continuavam avançando, como se nem soubessem o que ela tinha nas mãos. Não disseram nada, não negociaram ou fizeram ameaças. Com uma lenta certeza, os soldados os cercaram, enquanto Marin girava a pistola de um lado para o outro, sabendo que o seu próximo tiro seria o único.

– Marin! – João implorava.

– Deixem meu irmão ir. Eu volto com vocês para o acampamento, prometo. Ele é só um menininho.

Não haveria barganha.

Um dos soldados avançou contra ela e Marin apertou o gatilho por puro reflexo, ao mesmo tempo que era jogada no chão pelo peso do seu oponente. João gritava, mas ela não podia ver o que estava acontecendo. Usava a arma como um porrete, batendo contra a cabeça do soldado, sentindo os golpes perdendo força contra a grossa cabeleira. Algo rasgou sua barriga e ela achou que tinha sido esfaqueada. Em instantes estaria morta. Largou a arma no chão e agarrou a cabeça do inglês, afundando os polegares em suas órbitas. O desgraçado uivou de dor, se debateu para longe e então caiu.

Não era um homem que estava morto com sangue escorrendo das órbitas furadas e um buraco de bala no peito. Era um lobo. Marin tentava entender como aquilo era possível, ao mesmo tempo que se dava conta de que estava novamente sozinha. Seu irmão tinha sido levado pelos outros soldados.

Ela não sabia para que lado ir ou o que procurar. Gritava o nome de João, sem se importar com a própria segurança, mas não tinha nenhuma resposta. A noite ganhava o aspecto cinzento das primeiras horas da manhã e aquilo não a consolou. Em breve o mundo natural ganharia força ao seu redor, deixando para trás o pesadelo e ela estava prestes a sair dele sem o irmão. O choro e a raiva vinham em ondas. Ela farejava o ar, em busca das guloseimas da casa torta. Não tinha sentido nada antes, não sentia nada agora. Então algo chamou sua atenção, quando surgiram as primeiras luzes. Um ponto branco no chão de folhas apodrecidas. Um pequeno pedaço de pão. E mais à frente havia outro. E um terceiro depois desse. João sempre fora esperto para a sua idade.

A trilha de migalhas a levou de volta à casa torta. Ao vê-la, sentiu vergonha da vontade de virar as costas e procurar ajuda. Ela não sabia para que lado ir e nem que tipo de gente poderia encontrar. Quando a ajuda chegasse, podia ser tarde demais. Marin era tudo o que João tinha, restava saber se seria o suficiente.

A porta da frente estava entreaberta. Dois lobos dormiam, cada um de um lado, como tranquilos cães pastores. A garota tentava não despertá-los, mas, quando um deles abriu os olhos, não lhe deu nenhuma importância, voltando logo ao sono. A recepção da casa foi mais calorosa. Se era assustadora antes, agora demonstrava sua verdadeira feição. As paredes pareciam se expandir e contrair, como se estivessem vivas. A sala de jantar estava vazia, com a comida sendo devorada por ratos e insetos, como se tivesse sido esquecida por semanas. Vozes vinham do corredor e também um zumbido ritmado, como uma grande pedra de moinho girando.

Marin chegou a uma porta seguindo as vozes. Girou sua maçaneta e encontrou escadas. Uma luz vermelha como sangue aumentava e diminuía no mesmo ritmo do som do moinho, mesmo ritmo do expandir e encolher das paredes. Marin desceu as escadas, completamente apavorada. Do último degrau viu a silhueta da velha, alta e magra, com o vestido se espalhando feito algo vivo pelo chão ao seu redor. Diante dela uma fenda estava aberta no chão, no formato das partes íntimas de uma mulher, soltando fogo e fumaça que a velha inalava com avidez.

– Eu sei que você está aí – a velha disse, sem se virar. – Não precisa se esconder.

A calma em sua voz era ainda mais assustadora do que os seus gritos enlouquecidos, mas Marin não se deixou intimidar.

– O que você fez com o meu irmão? – inquiriu, tentando esconder o medo que seu coração bombeava.

– Esta casa. – A velha admirou os alicerces ao redor. – Essa casa sente fome de meninos. Os impúberes que ainda não foram contaminados pelo mundo. Gosta deles tenros, gordos e felizes. Antes que se tornem amargos e violentos.

Marin deu dois passos e o chão pareceu instável, como se pisasse no convés de um navio. Olhou ao redor, as colunas da estrutura da casa que se torciam feito as costelas de uma grande criatura marinha, e sentiu uma pontada de loucura arranhando seu cérebro.

– Por favor, me deixe levá-lo. Ele é um menininho bom.

A velha se virou para trás. O rosto meio iluminado pela luz vermelha que vinha da fenda fumegante aos seus pés.

– Todos eles são, antes de crescer.

A garota soluçou. Lembrou-se das mãos dos soldados arrastando-a no meio da noite. Sabia que ela tinha razão, mas seu irmão não. Seu irmão era diferente. Era um garotinho feliz.

– Sinto muito. Estou muito cansada. É exaustivo cuidar desta casa. Queria que não fosse assim. Sinto muito pelo seu irmão.

Um golpe gelado atingiu o coração da garota, mas algo dentro dela se recusou a acreditar naquelas palavras e a fez continuar avançando.

– Ele sonha em ser marinheiro e conhecer as colônias. – A garota se lembrava da alegria do menino ao ver os navios no porto.

– Eu também tive um irmão. – A velha vasculhou suas próprias memórias. – Seu nome também era João.

A menina sentia as lágrimas pingando do seu queixo como grossas gotas de chuva. A cada passo que se aproximava da fenda podia ver o seu brilho dourado, lançando para o alto pequenas fagulhas que flutuavam como vaga-lumes.

– Você nunca me disse o seu verdadeiro nome. – A velha se deu conta. – Nomes são importantes. Dá para saber muito sobre algo se você souber seu verdadeiro nome.

A garota não queria responder. Não queria conversar. Queria só o seu irmão de volta e ir embora, mas começava a aceitar o que estava no fim daquela conversa e preferia prolongá-la o quanto pudesse.

– Joana – a garota que tinha se apresentado como Marin revelou. Que importância tinha aquilo agora? – Meu nome é Joana.

– João e Joana. – A velha testou os nomes. – Você não devia ter voltado, Joana. Esta casa anseia por garotos, mas tem um amor especial pelas mulheres.

– O que aconteceu com João?

A velha sorriu e lhe deu as costas, olhando para as chamas que lambiam seus pés na borda da fenda. A fumaça que vinha lá de baixo não era madeira. Tinha cheiro de pólvora e enxofre, como a fumaça dos canhões. Também tinha cheiro de sangue, gordura e carne queimada.

– Meu nome é Maria – a velha disse, sem se virar para trás.

Joana a empurrou com toda a sua força, vendo a velha bater contra a borda da fenda e despencando para o fogo do inferno sem tentar se agarrar em mais nada. No instante seguinte a fenda se apagou.

*

Alguém bateu timidamente na porta da frente. Joana se mexeu, assustada, sem saber exatamente onde estava. Sonhava com seu irmão. Alinhando o vestido e arrumando os cabelos, caminhou até a entrada da casa, com um rápido olhar para a mesa posta. Dedos pequeninos insistiram, batendo na porta, e ela puxou a maçaneta, ansiosa para ver o que havia lá fora.

– Desculpe o incômodo, senhora – a criança mais velha gaguejou. – A senhora poderia nos dar um pedaço de pão e um copo de água?

Suas roupas eram estranhas. Havia listras por baixo de uma grossa camada de sujeira e uma estrela de seis pontas costurada sobre o seu peito. Cabelos raspados, olhos fundos. Quase nenhuma carne sobre os ossos. O retrato da fome e do medo.

– De onde vocês estão vindo?

– Auschwitz – o garotinho mais novo respondeu. Os olhos vasculhando o interior da casa, tentando confirmar o que o seu nariz já devia ter lhe contado.

– Alemanha? – A velha tentava se localizar.

Os irmãos se olharam, confusos.

– Aqui mesmo na Polônia.

– Ah! – Ela tentou lembrar se a casa já a tinha levado até a Polônia antes, mas não estava certa.

Muitas noites. Muitos banquetes. Muitas crianças. A casa torta estava sempre se mudando.

– Entrem, meus queridos. Vamos pôr um pouco de carne nesses seus ossos. – Joana sorriu e viu os garotos se assustarem com a aparência do seu sorriso.

– E eles? – O garoto menor apontou para a floresta.

Joana viu uma dezena de cabeças completamente peladas, observando-os por trás das árvores, como fantasmas moribundos. Muitas crianças. Desesperadas, arrastadas até ali pela fome e pelo medo dos lobos da floresta. Praticamente esqueletos, alimentados por tudo aquilo que a humanidade tinha de pior.

– Não se preocupem. – Joana sorriu. – Tem comida para todos.

A casa sentia fome. A casa é a fome do mundo.

Ana Lúcia Merege
é Mestra em Ciência da Informação e curadora de Manuscritos da Biblioteca Nacional. Escreveu vários livros, entre os quais *O Castelo das Águias*, e organizou as coletâneas *Duendes*, *Magos*, *Medieval* e *Excalibur* pela Editora Draco. Vive com marido e filha em Niterói – RJ, tem paixão por viagens, livros de aventura, mitologia e contos de fadas.
Blogs www.estantemagica.blogspot.com
www.castelodasaguias.blogspot.com

*

Um dos contos de fadas mais conhecidos do imaginário eslavo, *Príncipe Ivan, o Pássaro de Fogo e o Lobo Cinzento* faz parte da recolha de Aleksandr Afanas´ev, que entre 1855 e 1867 lançou oito fascículos contendo mais de 600 histórias enviadas de todo o território russo. Há variantes do conto; em algumas, o Lobo Cinzento que ajuda Ivan é substituído por uma raposa, noutras o auxiliar mágico é o próprio cavalo do rapaz. Também existem contos com o mesmo motivo (a busca pelo pássaro de fogo) em tradições diferentes da eslava.

O TROCA-PELES   Ana Lúcia Merege

Child, death is a dance on the forest floor
S. J. Tucker. Were-Owl

Há um poste entalhado e ossos que balançam ao vento. Por toda parte há marcas do meu território. Nos últimos tempos, para ser justo com os homens que já não leem os sinais, fiz um dos seus sacerdotes escrever um aviso, com as letras deles, e o prendi no tronco de uma bétula, onde os três caminhos se separam. Mas as peles que forram minha cabana contam a história de vários homens desatentos.

Esse que vem pela trilha é diferente: ele leu o aviso. Sei disso por causa da sua postura encolhida, do olhar esgazeado, da forma como se agarra ao cavalo. Ele leu, e escolheu seu caminho, e agora balbucia suas preces para o deus inerte. Eu sorrio e me esgueiro pelo atalho, folhas úmidas de lariço abafando o som das minhas patas no solo.

Deus algum, digno desse nome, irá interferir nos pactos da Floresta.

Ele se aproxima e o vejo melhor. É pouco mais que um menino, usando uma *svita* bordada e peles demais para quem viaja no outono. Seu cavalo é bem treinado: ao mesmo tempo que pressente o perigo, avança em obediência ao amo, a esse jovem traiçoeiro que o condenou à morte. A passar frio e fome, ele escolheu o sacrifício do animal. E, quando salto sobre eles, minha vontade é afundar as presas não no pescoço do cavalo, mas na carne tenra do garoto que cai da sela guinchando de pavor.

O sangue espirra das veias estraçalhadas do animal, mancha meu pelo e enche minha boca. O rapaz se levanta e corre para o abrigo das árvores. Deixo que vá: tomei o que me era devido, e pouco importa se ele irá correr de volta para casa ou cair nas armadilhas dos *leshys*. Se, passada esta noite, ainda viver, ficarei atento, e mais ainda se voltar à mesma trilha. Mas acho que ele encontrará, por conta própria, um dos destinos que trocou pela morte do companheiro fiel.

*

Contrariando minha aposta, o jovem continua vivo. Os *leshys* o deixaram em paz; ele caminhou a noite inteira e de manhã regressou à trilha, tremendo e lamentando a perda do seu cavalo. Ainda assim, já fez por merecer minha atenção. Eu me sento à porta da minha cabana de troncos e monto uma fogueira para assar a carne.

Ele chega à tarde, botas sujas e olhar tresnoitado. Diz que seu nome é Ivan, filho do Rei Vyslav, e pede abrigo por esta noite, porque um enorme lobo cinzento atacou seu cavalo e ele crê que estará mais seguro debaixo de um teto.

Meu teto.

Ha!

– E para onde vai, tão decidido, Príncipe Ivan? – pergunto.

Em resposta, ele tira da *svita* uma pena vermelha e luminosa como fogo. Conta que um pássaro, todo dessa cor, vinha roubando as maçãs do jardim de seu pai, e este ordenou aos príncipes que o aprisionassem; os dois mais velhos falharam, Ivan também o deixou escapar, mas conseguiu arrancar uma pena. A ave nunca voltou, mas o rei desejava possui-la, por isso os filhos saíram pelo mundo à sua procura. Ivan não teme pela sorte dos irmãos. Só quer escapar do lobo e achar o pássaro, e assim não apenas agradará a seu pai como será recompensado com metade do reino.

Afago minha barba enquanto o escuto contar sua história. As vozes que moram na minha cabeça se põem a sussurrar, e gosto do que propõem: será divertido brincar com o pequeno Ivan. Desculpo-me por minha casa não ser digna de um príncipe e lhe digo para entrar, eu levarei a carne e água limpa para matar sua sede. Ele obedece, e eu entro sem ruído um pouco depois.

Ivan está de costas para mim, rígido e imóvel diante das peles que forram as paredes. Muitas são de animais que peguei na floresta, mas outras são de cavalo; isso bastaria para deixá-lo inquieto, não fosse ter havido alguns homens ainda mais descuidados que ele. Vejo-o dar uns passos hesitantes e examinar uma pele, está surrada e desbotada e pertenceu a um guerreiro que viajava bêbado, mas Ivan não precisa ouvir a história para entender e recuar, com o fôlego suspenso. Ao fazê-lo, esbarra nos espólios da minha presa mais recente – e então salta para trás, horrorizado com a visão da cabeça fincada numa estaca, a crina grudada de sangue, os olhos vidrados, a boca aberta expondo a língua e os dentes amarelos.

– Aqui está, jovem príncipe – digo; ele se vira, trêmulo e enojado. – Você escolheu sua trilha; escolheu me dar seu cavalo. Partilhemos a carne, e depois falaremos sobre o pássaro de fogo.

– Você é... – o rapaz começa a balbuciar, mas logo se cala. Este lugar, a estaca, a minha aparência, tudo lhe serve de resposta. Forço um naco de carne em sua mão; ele se refugia longe dos olhos mortos do cavalo e se põe a comer, com relutância a princípio, mas logo cede à fome e devora vários pedaços. Ainda leva vez por outra a mão ao peito e aperta uma cruz de ouro, mas está mais calmo, como eu sabia que aconteceria assim que ele aceitasse partilhar da minha comida. Assim que compreendesse que selou um pacto, e é melhor agarrar com as duas mãos o que lhe ofereço. Ele chegou longe demais para voltar com elas vazias.

– Posso levá-lo até o pássaro – digo, olhos atentos ao fogo, que me revela o que preciso saber. – Ele pertence ao Rei Dolmat, que vive muito longe daqui. Eu lhe direi como obter a ave, mas tem de fazer aquilo que eu ordenar.

Como esperado, ele aceita, e começo a me preparar para a viagem. Não é sempre que levo alguém, muito menos um servo do deus inerte, por isso esfrego nos braços o sangue do cavalo e danço enquanto a cabana se enche com a fumaça da hera sagrada. Ivan me acompanha com os olhos e se sobressalta quando o pelo cinzento irrompe da minha pele. Solto o tambor, mas minha voz continua a vibrar, abrindo nossa trilha em meio a territórios ocultos. Por fim, de volta à pele de lobo, me aproximo do príncipe, que se encolheu sobre si mesmo e sua por todos os poros.

– Monte em minhas costas – digo. – Agarre-se e feche os olhos; e não importa o que sinta, nem o que ouça, só abra quando eu disser que chegamos ao destino.

Mesmo assustado, ele se apressa a obedecer. Suas mãos afundam no meu pelo, as pernas se aferram aos flancos; quando a porta se abre e somos engolfados pela noite, Ivan se inclina sobre mim e me abraça pelo pescoço. Sinto o calor de sua respiração em minha orelha e o escuto murmurar em língua estranha, talvez uma prece a seu deus, embora ele não possa protegê-lo no caminho que trilhamos. Quem o protege sou eu, assim como seus olhos fechados, que o impedem de ver a sucessão de corpos empalados, flâmulas de pele curtida e paliçadas de ossos erguidas como marcos de fronteira. Por fim, após um longo momento que nos poupou dias de jornada, a travessia chega ao fim, e eu me vejo diante dos muros do palácio de Dolmat.

– Preste atenção, Príncipe Ivan – digo, assim que ele desmonta. – Há um pavilhão no jardim, e os vigias estão dormindo. Lá encontrará o pássaro de fogo e uma gaiola dourada. Pegue o pássaro, mas deixe a gaiola e retorne o quanto antes.

Ele concorda sem fazer perguntas e pula o muro. Fico de fora, esperando para ver se tentará pôr as mãos na gaiola. Se o fizer, os guardas irão despertar; Ivan será preso, talvez executado ou, como se trata de um príncipe, levado de volta ao pai por homens armados, humilhando e enfurecendo o Rei Vyslav. Talvez isso provoque uma guerra entre reinos. Há uma escolha e muitas possibilidades, e nem cheguei a pensar em todas quando o garoto ressurge, de mãos vazias, vindo por outro caminho.

– Por que não trouxe o pássaro? – pergunto.

Cabisbaixo, ele explica que chegou a pegá-lo, mas não resistiu à tentação da gaiola de ouro, e os guardas o prenderam na saída do pavilhão e o levaram à presença do rei. Este o repreendeu, mas prometeu lhe dar o pássaro em troca de outro animal: o corcel de crina dourada mantido por seu velho rival, Afron, cujo reino fica além das montanhas.

Ao contrário de Dolmat, desse rei eu já tinha ouvido falar, e para felicidade de Ivan digo que posso levá-lo, desde que ele siga minhas instruções. Ele promete, e nos lançamos em mais uma jornada, atravessando cavernas infestadas de vermes e escorpiões. Criaturinhas disformes rosnam pelos cantos, e Ivan se agarra a mim com tanta força que me pergunto se não terá aberto os olhos. Mas ele ainda parece ser daqueles que preferem não ver.

*

Os muros de Afron são mais altos que os de seu rival, mas os portões estão entreabertos. Digo a Ivan que se esgueire por ali e vá até o estábulo; que traga apenas o cavalo e não seus arreios dourados. Mais uma vez ele promete que sim, e mais uma vez fico à espera de vê-lo voltar com o corcel ou sair do castelo acorrentado, escoltado por guardas ferozes. Talvez até mesmo ver sua cabeça cravada num poste, como advertência a outros ladrões.

Pouco depois, Ivan regressa de mãos vazias. Conta que não ia trazer os arreios de ouro, apenas os tirou da parede para admirá-los, mas os vigias do estábulo acordaram e o levaram até o rei. Dessa vez houve uma ameaça de empalamento e olhos arrancados, seguida de uma exigência: o corcel de crina dourada em troca da Princesa Elena, herdeira de um reino distante, que Afron diz ter intenção de desposar.

– Mas ele enviou mensageiros para pedir sua mão, e ela não aceitou – diz Ivan, desalentado. – Por que mudaria de ideia e viria comigo?

Balanço a cabeça, cheia de vozes que se contradizem. Eu não conhecia Dolmat, mal ouvira falar de Afron, mas Elena eu sei quem é, e sei como fazê-la mudar de ideia. Ao mesmo tempo, sei que sua presença pode afetar o destino de Ivan. Talvez até o meu, pois estou comprometido a ajudá-lo até que cumpra ou abandone sua missão, ou morra tentando cumpri-la.

E, pela primeira vez, admito que não gostaria de vê-lo acabar assim.

– Elena virá conosco, por vontade própria – afirmo. – Mas desta vez serei eu e não você a buscá-la. Monte de novo em minhas costas; a jornada será rápida, e antes que caia a noite você estará diante da princesa.

Mais que depressa, ele obedece, e logo estamos a caminho. O trajeto é conhecido, e pouco tenho a temer, pois quem o habita são os espíritos daqueles que foram como eu. Passo por um de meus ancestrais, coberto por uma pele de urso, e crianças com feições de lontra e arminho que não puderam crescer no mundo dos homens. No fim, chegamos a um campo sombreado por arbustos, e digo a Ivan que espere ali enquanto vou em busca de Elena.

É quase noite, e as estrelas começaram a brilhar, quando retorno com a jovem. Ivan se levanta na mesma hora e corre para saudá-la. Diz que não sabe o que fez para merecer sua ajuda, que irá retribuir, que está encantado com tanta generosidade e tanta beleza. E em seus olhos posso ver que tudo isso é verdade.

– Não é preciso agradecer – sorri Elena. – Quando criança fiquei muito doente, e fui levada a uma feiticeira para que tentasse me curar. Conseguiu, mas gastou tanta força vital que acabou morrendo, para tristeza do irmão que era seu único parente. Meus pais quiseram compensá-lo e prometeram qualquer coisa que estivesse ao seu alcance, uma promessa que assumi quando os dois morreram. Agora devo cumpri-la, pois o irmão daquela feiticeira é o Lobo Cinzento, e ele me pediu que o ajudasse a obter o pássaro de fogo.

Diante disso, a gratidão de Ivan se volta para mim. Deixo que fale, mas me afasto antes que possa me abraçar: por mais que seja sincera, não quero a afeição desse menino tolo, esse pequeno príncipe egoísta que sacrificou seu cavalo e agora vai entregar uma donzela a um homem que ele sabe ser impiedoso, tudo em benefício de si mesmo. Por outro lado, Ivan foi poupado pela Floresta e pelos dois reis a quem tentou roubar, portanto deve haver nele alguma coisa além de sorte. E as vozes na minha cabeça dizem que devo ir até o fim para descobrir.

Elena também percebeu. Ao me acompanhar, ela já sabia que o príncipe era jovem e belo, mas parece ter de fato se agradado dele, e deixa que isso transpareça em gestos e olhares. A mesma coisa se passa com o rapaz: até conhecer a princesa, não havia nada mais urgente que sua missão, mas seu rosto se ilumina quando digo que teremos de viajar pela floresta. Juntos sobre o meu dorso, seus braços se fecham ao redor de Elena, e eu sei aonde isso vai chegar, mas não digo nada. Sequer faço advertências quando paramos e os deixo a sós a fim de conseguir alguma caça que alimente os três.

Quando volto, carregando duas lebres entre minhas presas, encontro Ivan maravilhado com a habilidade da princesa em acender o fogo. Logo é a vez dela de aplaudi-lo pela rapidez com que esfola os animais. Assada a carne, eles oferecem as melhores partes um ao outro, bebem nas mãos um do outro a água de uma fonte, sussurram entre si antes de dormir lado a lado sobre uma cama de folhas. Fazem o mesmo a cada noite da jornada. E só quando chegamos ao reino de Afron é que Ivan cai em si, percebendo estar prestes a se separar de Elena para sempre.

– O que aconteceu, jovem príncipe? – indago, embora saiba a

resposta. Ele abana a cabeça, transtornado. Insisto, e a princesa revela que os dois se amam e estão infelizes por ter que dizer adeus. Sugiro a Ivan que desista do cavalo e volte para casa, mas ele se recusa com veemência: se o fizer, Afron o acusará de ladrão e covarde, e isso será um golpe muito duro para seu pai. Troco um olhar com Elena, que move a cabeça em assentimento, e me volto para Ivan, que parece um menino tentando conter o choro.

– Não é preciso entregar a princesa – afirmo. – Eu ficarei no lugar dela.

– Você? Mas como... – principia Ivan. Ergo uma das patas dianteiras, na qual o pelo já começa a recuar; ele se cala e ali permanece, maravilhado e ofegante, vendo-me mais uma vez trocar de pele. E quando volto a falar já não é a voz do Lobo Cinzento, mas sim a de Elena, que diz ao príncipe o que ele deve fazer.

*

Ivan me leva até o castelo, e Afron nos recebe com uma cerimônia que mal esconde seu desejo de se atirar sobre mim. O que o impede é alguma proibição vinda do deus inerte, ao qual o rei se converteu com todos os seus súditos. Os *volkhvs* e anciãos que protestaram foram devolvidos ao ventre da Mãe Terra com as cabeças separadas do corpo; estátuas de Veles e Perun foram reduzidas a lenha, e agora em toda parte há cruzes douradas e sacerdotes que se esgueiram pelos cômodos feito ratos. Afron chama um deles e ordena que faça correr a notícia do nosso casamento. Será dentro de sete dias, necessários para preparar os festejos, e então seremos felizes para sempre, diz o rei, fitando-me com olhos turvos que fariam uma donzela verdadeira gelar de pavor.

Ivan é convidado para as bodas, mas consegue se escusar e apenas ergue um brinde à nossa saúde antes de partir rumo à floresta onde deixamos Elena. Viajarão o mais rápido que puderem, e em três dias eu voltarei à minha pele de lobo e me reunirei aos dois. E como o rei decidiu não me rever até o casamento, passo esse tempo entre as mulheres do castelo, rindo, costurando, açoitando-nos com ramos de eucalipto na casa de banho, habitada por um *bannik* raivoso que ninguém além de mim consegue enxergar.

Na terceira noite, desvencilho-me das moças que partilham minha cama e vou até a janela. O ar gelado morde minha pele enquanto entoo um cântico que irá adormecer a todos, desde Afron em seus lençóis brocados até o *domovoi* embaixo do fogão. Salto no escuro e caio sobre mãos e pés, que se transformam em patas cinzentas enquanto corro até os portões. E em poucos momentos o castelo ficou para trás.

Viajando rumo ao nascente, não tardo a encontrar Ivan e Elena. Ficam felizes em me ver, assim como estão, cada vez mais, um com o outro. Também com o cavalo de crina dourada, que o príncipe não se cansa de afagar e beijar. Digo que ainda não há como viajar pelos territórios ocultos, mas com Elena no dorso do animal iremos mais depressa, e os dois trocam um olhar cúmplice, de alguma forma culpado.

– Eu já lhe devo tanto que até me envergonho de pedir – diz Ivan, com as mãos para trás. – No entanto, me afeiçoei ao corcel, e não queria ter de entregá-lo a Dolmat. Se você pudesse...

Lanço-lhe um olhar irritado, e ele se cala. É muita ousadia pedir que eu substitua o cavalo. Elena, porém, junta seu apelo ao de Ivan, e após nos encararmos por alguns momentos eu me decido a conceder mais aquele favor.

Tal como Afron, Dolmat adora o deus inerte, mas uma estátua de Mokosh, lado a lado com seus consortes, se ergue na entrada do palácio. O rei em pessoa vem nos receber, afaga com prazer minha crina dourada, depois ordena a um servo que se encarregue de mim. Não vejo o pássaro de fogo ser entregue a Ivan, mas acredito que Dolmat vá honrar a promessa: basta um olhar para ver que tem palavra. Também que é muito vaidoso, tanto de si mesmo quanto de sua riqueza. Seus estábulos são grandes, seus animais, os melhores; ele é um bom cavaleiro, embora não tanto quanto gosta de alardear. Ele sai comigo a passeio, nas duas tardes que se seguem à minha chegada, e não percebe que os arreios me incomodam e o bridão fere minha boca. Assim, é sem remorso que o atiro ao chão, na tarde do terceiro dia, e o deixo ser socorrido pelos servos enquanto corro para a escuridão da floresta.

Ivan e Elena ganharam uma boa dianteira, e viajo dois dias até encontrá-los comendo bagas que colheram numa vereda. Olho para eles, bocas e roupas manchadas de vermelho, e digo a única coisa que me cabe dizer.

– Príncipe Ivan, alegro-me por ver que sua missão foi cumprida. Aqui termina, também, o nosso acordo. Viaje mais um dia e encontrará um bosque de bétulas, e no final a encruzilhada com os três caminhos. Refaça sua jornada a partir de lá, e estará no reino de seu pai.

Ivan cai de joelhos e me abraça, pedindo que eu o acompanhe à corte de Vyslav. Quer me recompensar, encher-me de honras e do ouro que acredita me ser útil. Digo que minha natureza é a de um lobo, e não me agradam os palácios. Além disso, ao contrário dos pássaros e dos cavalos, aqueles como eu não se deixam possuir.

Acabo de falar e olho para Elena, que tem as tranças desfeitas e os pés descalços. Ela morde o lábio e fita a floresta ao seu redor antes de me encarar.

– Siga seu caminho, querido Lobo Cinzento – diz, com uma mesura. – Meu príncipe e eu jamais o esqueceremos. Quando governarmos, os lobos não serão caçados, nem haverá punição para aqueles que vivem de acordo com os antigos costumes.

Seus dedos se entrelaçam aos do rapaz, que tem os olhos cheios de lágrimas. Recomendo que viajem com cautela e dou-lhes as costas, mas as vozes que escuto em minha cabeça insistem em dizer que a história não acabou.

Em algum ponto do caminho, irei reencontrar o Príncipe Ivan.

*

De volta à minha cabana, começo a me preparar para atravessar o inverno, mas a lembrança de Ivan retorna dia após dia. Não são memórias de nossa jornada, nem visões de sua chegada à corte de Vyslav, apenas a sensação de tê-lo por perto. Por fim, decido-me a buscá-lo no mundo dos sonhos; ele aparece trêmulo e ensanguentado, segurando folhas de carvalho nas mãos estendidas. É quando compreendo o que aconteceu.

Sigo meus instintos para procurá-lo. Sei que não foram os *leshys*, não foi a Floresta; preciso ir além dos seus limites para descobrir. No entanto, nem um dia se passa até que o vento me traga às narinas o cheiro de Ivan, misturado ao odor almiscarado de outros homens e de seus cavalos. Um assalto? Uma luta?

– Quem o deixou assim, jovem príncipe? – murmuro, e me

ajoelho junto aos farrapos do que foi o seu corpo. Quem quer que tenha sido, não se contentou em matá-lo; cortou-o todo em pedaços, esfacelando os ossos e destroçando a carne, e assim facilitou o trabalho dos corvos. Alguns ainda voam acima de nós, esperando que eu me vá para tornar ao festim, e entre eles vejo alguém que pode me ser útil.

Eu me afasto, fingindo ter deixado para trás os restos devassados, e me oculto entre arbustos. Os corvos ainda esperam uns instantes, mas logo passam a voar mais baixo. Um deles, jovem e descuidado, é o primeiro a pousar sobre os ossos do príncipe, e é sobre ele que salto, prendendo-o com minhas patas e abrindo a boca sobre sua cabeça. Ele grita, debatendo-se em vão para escapar; há um alvoroço de guinchos e asas em debandada, e logo resta apenas uma ave à minha frente, uma velha fêmea que me encara com olhos sombrios.

– Lobo Cinzento – diz a Mãe Corvo, em voz baixa. – O que posso lhe dar para que poupe meu filho?

– Conte-me o que viu, para começar – respondo. Sem hesitar, ela diz que dois homens bem vestidos saíram do bosque de bétulas e encontraram um rapaz e uma moça adormecidos na relva; um dos homens ia despertar o rapaz, mas o outro o deteve e os dois cochicharam entre si até que, de comum acordo, empunharam suas armas e se atiraram sobre o casal. Um degolou Ivan e o fez em pedaços com sua espada, o outro feriu com um punhal a garganta de Elena, que acordara com o ruído e gritava a plenos pulmões. Montaram em seus cavalos e partiram levando a moça, assim como o corcel de crina dourada e o pássaro vermelho.

– E nada mais? – pergunto. A Mãe Corvo responde que os homens se pareciam com o rapaz, e assim fico sabendo quem eles eram. Faço a conta dos dias e concluo que não é tarde demais, porém tenho que ser rápido, e o que preciso usar se encontra fora do meu alcance. Isso seria um empecilho – se eu já não tivesse o pequeno corvo entre minhas garras.

– A segunda parte do trato – digo à mãe. – Voe para além de oito montanhas e, quando chegar à nona, procure pelo mais antigo carvalho. Em seus ramos encontrará dois casulos: um com a Água da Morte, outro com a Água da Vida. Traga-os para mim, e eu não farei mal a seu filho e os deixarei ir.

Contrariada, ela sabe que não tem escolha. Vejo-a bater as asas e voar em direção às montanhas, uma jornada que levará um dia e uma noite, e nesse meio-tempo seu filho estará em meu poder. Ele me fita, zangado e impotente, em sua forma humana: um garoto mais novo que Ivan, com nariz pontudo, usando apenas um manto esfarrapado. Deixo-o encostar-se em mim para que meu pelo o aqueça, e assim ficamos enquanto a noite cai sobre nós.

– Estou com fome – ele diz, quando o céu torna a clarear.

– Espere – digo. Ele obedece, mas logo torna a se queixar, e quando o faz olha enviesado para o que resta de carne nos ossos de Ivan. Digo-lhe para nem pensar nisso, e ele solta uma risada estridente.

– Posso esperar, se quiser, mas saiba que já o provei – afirma. – A carne dele é macia. E os olhos...

– Cale a boca – rosno.

– Os olhos estavam cheios de suco – sussurra o Menino Corvo, entortando os lábios. Está prestes a soltar nova risada quando minhas presas se enterram em seu pescoço.

Muito depois, sua mãe retorna com os casulos, e quase os deixa cair ao ver o filho com a garganta dilacerada e as entranhas à mostra. Explico que o puni por ter me provocado, mas posso fazê-lo reviver, se ela não tiver tentado me enganar como de outras vezes. Ela concorda sem retrucar, e eu derramo sobre o rapaz algumas gotas de Água da Morte – que em instantes refaz sua carne e pele rasgadas – e de Água da Vida, com o que ele arregala os olhos e toma um gole de ar. Está bem vivo, embora um pouco tonto, e como prometido eu o deixo partir em companhia da Mãe Corvo.

O garoto voltou rápido, porque esteve morto durante menos de um dia, mas com Ivan talvez seja diferente. Sabendo disso, molhei meus braços com o sangue do corvinho e acendi uma fogueira com ramos de hera. A fumaça sobe, e eu canto. Junto as lascas de osso que as aves espalharam e canto mais alto, enquanto derramo a Água da Morte sobre os restos do príncipe. Pouco a pouco, os fiapos de carne começam a se mover, a se entrançar uns nos outros como linho no tear, a recobrir os ossos e a se revestir com a pele clara e lisa de Ivan. Por último, os olhos arrancados pelo Menino Corvo reaparecem baços e vidrados nas órbitas. Ergo minha voz, para guiar o príncipe em seu retorno, e derramo sobre ele a Água da Vida; e então Ivan estremece e volta a si, fitando-me com olhos desmesurados, como se me visse pela primeira vez.

– Lobo Cinzento – diz, batendo os dentes. – Eu vi... eu estive...

– No mundo dos mortos – confirmo. – Eu trouxe você de volta.

– Foram meus irmãos. – Ele balança a cabeça, sem entender. – Por quê?

– Pela metade do reino de seu pai – respondo, e ele franze a testa. – E por Elena, e o pássaro de fogo, e o corcel de crina dourada. Tudo que você tem, e eles não. Foi por isso.

– Mas eu... Eu não preciso. Queria, claro, mas depois... – murmura Ivan, olhando as próprias mãos. Seu rosto está contraído; é como se visse algo novo em si mesmo, algo que se revelou durante a passagem pelo mundo dos mortos. Um pressentimento eriça meu pelo, e as vozes na minha cabeça se põem a sussurrar, mas não posso me deter para escutá-las, não importa o que digam a respeito de Ivan.

Ele não é o único a quem devo lealdade.

– Monte em minhas costas – digo, e atiro terra sobre a fogueira. – Não feche os olhos. Chegou a sua vez de nos guiar.

*

A lua cheia ilumina nosso caminho até o palácio de Vyslav. Os guardas no portão me avistam e preparam os arcos, mas tornam a baixá-los, entre exclamações de espanto, ao ver que o grande lobo carrega o Príncipe Ivan. Todos pensavam que estivesse morto; assim disseram seus irmãos, assim confirmou a princesa que veio com eles, embora a pobre moça tenha a garganta ferida e só fale por gestos. Cerro os dentes, que gostaria de afundar no crânio dos traidores, e corro para o salão enfumaçado onde Vyslav está jantando em companhia da corte.

Os cortesãos emudecem, e até o vinho cai nas taças sem ruído quando o rei se levanta, encarando seu filho. Talvez pergunte a si mesmo se é verdade, se está sendo assombrado por fantasmas ou tentado por demônios, mas suas dúvidas se desfazem quando Ivan caminha até ele de braços abertos.

Ivan, o tolo. Ivan, o egoísta.

É impossível recusar o seu amor.

Os dois se enlaçam, e a corte irrompe em aplausos e brindes ao retorno do príncipe. Vejo seus irmãos, mudos e pálidos, e Elena, olhos sombrios e unhas afiadas nos dedos que seguram uma taça. Ela passou cada dia esperando por este momento.

– É um milagre – afirma Vyslav. – Seus irmãos o encontraram morto, feito em pedaços por uma fera que também atacou a princesa. Como pode ter revivido?

– Meus irmãos não disseram toda a verdade. Fui morto, sim – replica Ivan –, mas as feras que me atacaram foram eles mesmos.

– É mentira! – Um dos príncipes se ergue, em desespero. – Pai, você nos conhece! Não mataríamos nosso irmãozinho!

– Seu pai não sabe quem vocês são! – A voz de Elena faz calar os murmúrios; é a primeira vez que a ouvem, e nunca a teriam imaginado tão forte. – Eu, sim, conheço muito bem os homens que assassinaram seu próprio irmão enquanto ele dormia, que me ameaçaram e tentaram arrancar minha voz. Malditos sejam, vocês dois! Que apodreçam no cárcere, e suas almas no pântano que o mundo dos mortos reserva aos traidores!

Uma mancha vermelha se espalha sobre a faixa de linho que lhe envolve a garganta. Servas acorrem para atendê-la, ao passo que homens armados avançam em direção aos príncipes. Um tenta fugir, mas é agarrado e sujeitado, o outro cai de joelhos implorando a Vyslav, que apenas faz um gesto aos guardas para que o levem. Seu rosto parece esculpido em pedra cinzenta. Ivan não tenta interceder pelos irmãos, apenas fica ao lado do pai, silenciosos em meio à comoção e aos murmúrios da corte. Falam da morte lenta que aguarda os príncipes na masmorra, mas também do estranho regresso do mais jovem, com o que nem todos parecem à vontade. Muitos apontam para mim, entre sussurros inquietos que acabam por chamar a atenção do rei. Ele interpela Ivan, que é pródigo em elogios e em afirmar o quanto me deve, mas nem a vida de seu filho é suficiente para atenuar a ruga entre os olhos de Vyslav. Vejo guardas cerrando fileiras junto à porta, sacerdotes erguendo cruzes como se fossem armas, e compreendo que não tenho escolha. Resta a Ivan e Elena fazerem as suas.

Respiro fundo, meus pelos se eriçando antes o perigo que cresce no ar. Ivan também sentiu, mas ainda tenta. Diz que salvei sua vida e nunca ofendi seu deus, que sou apenas um filho da floresta, ao que um sacerdote replica chamando-me de cria do demônio. Outros se põem a bradar que ajudei o príncipe em troca de sua alma imortal. Retenho o ar em meu peito e olho para Elena, que ainda agarra a taça com os dedos cheios de anéis de ouro. Ela hesita, e Ivan ainda é o filho de Vyslav, e antes que os guardas ataquem mal tenho tempo de recuar e soltar sobre eles a tempestade que enche meus pulmões.

O sopro gélido atira os homens contra a mesa, que tomba com um estrondo de corpos e travessas. Gritos enchem o salão, um cortesão se põe a ganir com a perna esmagada; um sacerdote avança para mim brandindo uma cruz, apenas para vê-la no chão, momentos depois, presa à sua mão decepada da qual pendem fiapos sangrentos. Os guardas começam a reagir, mas antes que me alcancem corro até a porta e disparo rumo ao exterior do palácio. Alguém faz soar uma trompa, e o eco me persegue pelos corredores junto com os homens de armas atraídos pelo aviso. Quebro os pescoços dos que chegam muito perto e ganho o pátio em meio a uma chuva de flechas. Estou prestes a atravessar o portão quando uma delas se crava em minha anca. Posso senti-la se enterrar cada vez mais na carne e nos músculos enquanto corro para a floresta.

Os homens de Vyslav ficam para trás, mas, ao encontrar uma gruta, acho prudente me esconder enquanto recobro o fôlego. Arranco a flecha com os dentes e me esfrego contra o solo úmido, para que a terra ajude a estancar o sangue. Há mais do que pensei, e a dor é muito maior, mas pouco importa. Com as ervas certas, com os cânticos, irei me curar.

Com o tempo, irei esquecer.

Ou então.

A noite avança, e o cansaço me faz adormecer. Acordo com a luz do dia e o som de passos invadindo a gruta, e me surpreendo ao ver a jovem, cabelos e roupas soltas, segurando um chumaço de musgo sobre a garganta.

– Olá, Lobo Cinzento – diz Elena, e se agacha ao meu lado. – Está ferido?

– Não muito. Como me encontrou?

– Como me perderia do meu próprio sangue? – ela retruca, e

sorri. Seus dentes são pequenos e brancos. Ela aperta outro punhado de musgo contra meu ferimento e entoa um canto a meia-voz, aquele que apressa todas as curas, ou pelo menos as possíveis. Aquele que aprendeu no colo de nossa mãe.

– Foi bom achá-lo aqui, mas não precisa se esconder. Os homens do rei nem saíram do palácio – diz Elena. – O caminho está livre até seu território.

– Bom saber. E você, por que veio?

– Porque, no fim, você estava certo – ela encolhe os ombros. – Palácios não são para gente como nós.

– Você não pensava assim – replico. – Você ficou com o corpo da menina.

– Ah, ela já estava perdida. A doença tinha avançado demais; não pude trazer seu espírito de volta. E a troca pareceu vantajosa – diz Elena, sem sombra de remorso. Olho em seus olhos e recordo o rosto duro, marcado de cicatrizes, da feiticeira que trocou de pele para crescer como a filha de um rei. E nunca se esqueceu do irmão com quem passou sua primeira vida.

– Você pediu que eu ficasse três dias com Afron, para que Ivan pudesse ter o corcel – relembra Elena. – Mas desejei aquele belo príncipe assim que o vi, e ele se encantou por mim, e tudo parecia fluir como as águas de um remanso. Então ele foi morto, e eu só queria vingança, mas tive que esperar até recuperar minha voz. E aí você chegou – prossegue, como se falasse de um sonho. – Veio com Ivan, e acreditei por um momento que ainda poderia me tornar a esposa dele. Mas quando o ouvi defender você sem ter sequer olhado para mim, quando todos no palácio adormeceram e nós pudemos conversar, aquilo que eu já intuía provou ser verdade. O príncipe não se casará comigo; tampouco sucederá a Vyslav. Ou talvez sim, pois nunca fui boa a prever o destino – conclui, com uma risadinha. – Que ele se cumpra por si mesmo enquanto volto para casa. Até a vista, irmão!

Ela se levanta, e eu tento detê-la, mas o movimento impensado provoca dor. Viro-me para lamber a ferida, e nesse meio-tempo Elena se vai. Também a claridade que entrava pela abertura da gruta – e que retorna, instantes depois, iluminando a face do jovem que corre ao meu encontro.

– Lobo Cinzento! – Desalinhado, peito aberto, Ivan esconde o rosto em meu pelo. – Elena me guiou... Disse que o acharíamos vivo, aqui na floresta...

– Sim, estou vivo, e ficarei bem. – Afasto-o para olhá-lo nos olhos. – O que mais Elena lhe disse?

– Só que viria até você. Pedi que me trouxesse junto – ele responde. Sei que está pronto a me contar tudo que viu ao navegar pelo mundo dos mortos, o que não chegou a revelar quando eu o reclamei de volta. Sei também que as vozes em minha cabeça disseram a verdade: havia mais em Ivan do que parecia a princípio. E isso me agrada. Resta saber se ele fará frente ao próximo pacto.

Ouço lá fora o som dos cascos de um corcel e o canto de um pássaro. A risada de Elena me diz que ela os libertou. O rapaz continua em silêncio: mais uma vez, aceitará o que eu lhe oferecer. Estendo a mão e toco seu peito, o coração jovem e tenro sob minhas garras, e no relâmpago entre o antes e o depois tenho um único pensamento: se ele viver, se a Floresta mantiver suas bênçãos, que pelos, que penas, que pele irá vestir o Príncipe Ivan em seu novo território?

HISTÓRIAS DE ANA LÚCIA MEREGE

Histórias lupinas
Jack London e a criatura de Salmon Pond
O caçador

Série Athelgard

Romances

O Castelo das Águias (*livro 1 da série*)
A Ilha dos Ossos (*livro 2 da série*)
A Fonte Âmbar (*livro 3 da série*)

Contos

A encruzilhada
A voz do sangue
Em nome de Thonarr
Fogo interior
O anel do escorpião
O jogo do equilíbrio
O tesouro dos mares gelados
Um estranho equinócio

Juvenis

Anna e a Trilha Secreta
Orlando e o Escudo da Coragem

https://bit.ly/3oBE8en

Este livro foi impresso em papel Pólen Bold na
Renovagraf em abril de 2021, durante a Pandemia